「あれ……」
カエデが布をめくってみればそこだけ…
JN043158
ポーション
6 わが身を助ける
Potion, waga mi wo tasukeru
novel / Akira Iwafune illustration / Sunaho Tobe
岩船 晶 Illustration 戸部 淑

リタチスタさんは
根元の土を少し
手で掘り起こす。

指先で触れると青く発光する陣が
大木を中心に波紋のように広がる。
「う、おお……！」
ガジルさんは陣が広がる
不思議な光景を指差した。

私とカルデノは
カスミの主張を
聞き逃すまいと
耳を澄ませた。

「カルデノと、
旅にでる！」

「いたな」
リタチスタはパチリと閉じていた目を開く。

バロウはボロボロ泣き出した。
エリオットさんはポンポンと肩を叩《たた》いて
そっか、と鼻をすすった。

Introduction

Potion, waga mi wo tasukeru

novel / Akira Iwafune illustration / Sunaho Tobe

異世界転移の真相

【あなたは私のわがままで選ばれました。 バロウより】

カエデが異世界で目を覚ました時に
持っていた本に書かれていたのは、
ポーションの作り方と、**バロウ**という人物からのメッセージのみ。
日本と異世界をつなぐ手掛かりを探して旅をしてきたカエデは、
ついに張本人のバロウのもとへたどり着きます。
そこで告げられたのは、バロウの**前世は日本人**だということ。
前世の記憶を確かめるために、異世界をつなぐ方法を研究してきたというバロウは、
半ば事故のような形でカエデが
この世界に呼び寄せられたと推測します。
カエデは無事に日本に帰れるように約束を取り付けるのですが、
肝心のバロウはどこか非協力的で疑わしげ……。
それでもバロウの魔法に頼るしかないカエデ達は、
またもおつかいに出るのですが……。
はたして、**日本に帰る手段**を
見つけられるのでしょうか?

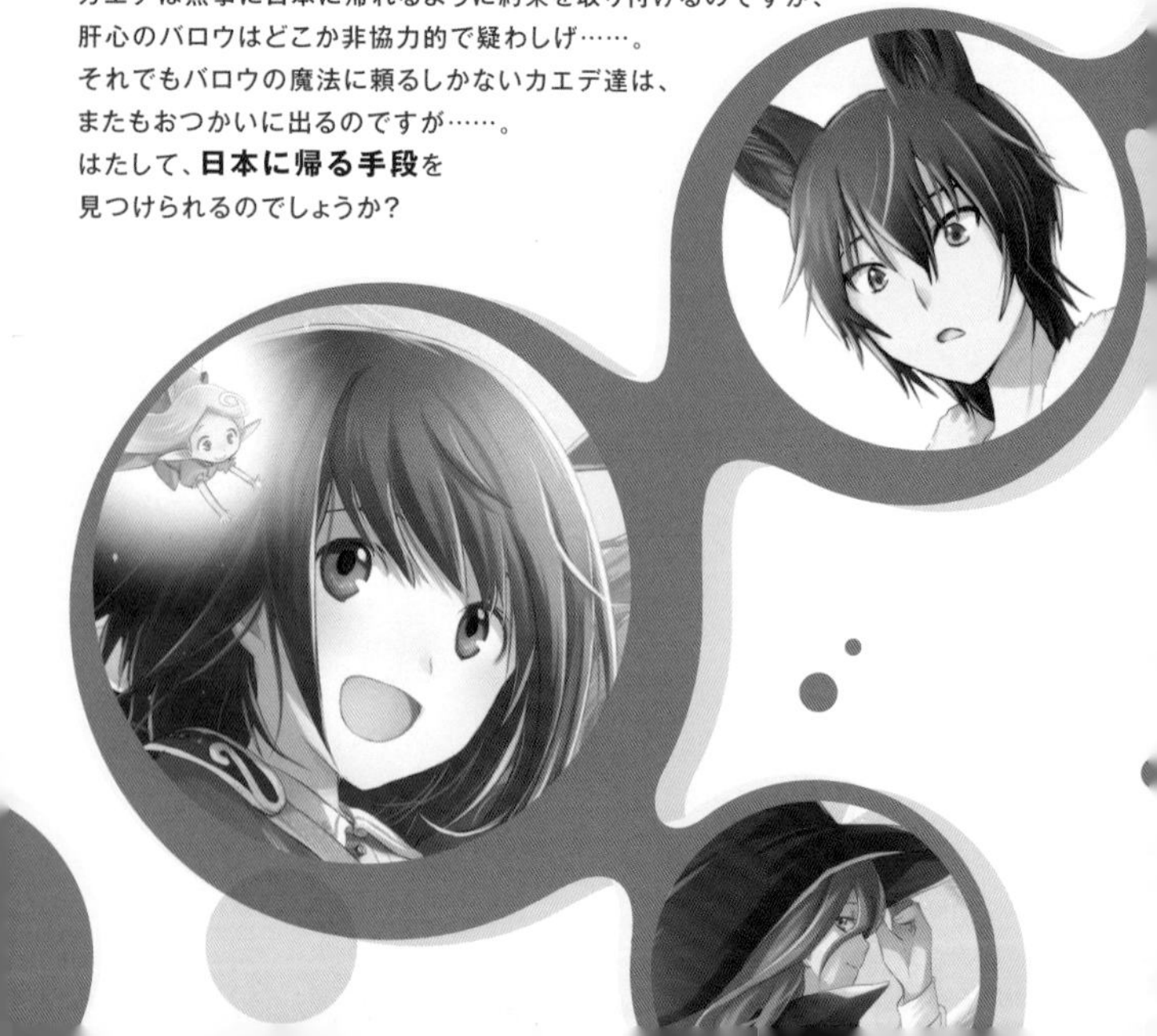

ポーション、わが身を助ける　6

岩船　晶

ヒーロー文庫

CONTENTS

illustration
戸部 淑

イラスト／戸部 淑
装丁・本文デザイン／5GAS DESIGN STUDIO
校正／有園香苗（東京出版サービスセンター）
DTP／天満咲江（主婦の友社）

プロローグ

「うん、視界良好だ」

　上空。

　時間は人々が寝静まる真夜中。

　長い髪が全てうねるほどゴウゴウと吹きすさぶ風の中、空をまるで飛行船のように浮遊しながら進む荷台。馬に引かせる姿をよく見るあの荷台だ。

　リタチスタ自らの意思により、とある場所へ荷台を向かわせるその屋根の上に立ち、不思議なことだが落ちもせず、両目を閉じているくせにそう言った。

　今にもどこかへ飛んで行きそうな帽子の広いツバを逃がすまいと、両手でギュウと捕まえたまま、パチリと閉じていた目を開く。

「いたな、バロウ」

　見えるのは月のわずかな明かりに照らされた地上の山や谷、道に農地、寝静まった町や村。バロウどころか人すら見えないのにリタチスタはやはり何かを見た。

「待ってなよ。久々に友の顔を拝ませてやろうじゃないか」

その目はとても、かつての仲間との再会を喜ぶものではなかった。

リタチスタにとって、バロウを少しでも仲間と思う気持ちが現在もあるのか、自分にも分からないところがある。

師であるアルベルムが亡くなる前までは確かに敬愛する友だった。兄弟だった。実力を競い合う好敵手でもあった。

けれどアルベルムを裏切った。リタチスタはそう思う。だが、だから憎いのだと心すべてを注ぐにはあまりに、共にすごした時間が長かった。感情は複雑で結論も出せない中で悪か善かの二択に答えを絞れるはずもない。けれどたった一つハッキリしているのは、今のバロウにリタチスタが憤っているということ。

「ん、見えてきた」

月明かりで確認出来たのはそれなりに大きな街で、どうやらリタチスタが目指していた場所のようだ。街へ向かうべくゆっくりと降下を始める。

第一章　リタチスタ

　コンコンと玄関扉をノックする。私の後ろにはカルデノと、荷物を持ってずっと付き合ってくれたガジルさん。ほどなく扉が開いて、そこからバロウが驚いたような顔をそっと覗《のぞ》かせた。

「ずいぶん……、早い帰りだったね」

　待ちわびた、というよりも厄介者が戻ってきたと感じさせるような言い方だな、と思ってしまう。私がこの人に対してひねくれている可能性も否定出来ないが、と内心深呼吸をして自分を落ち着かせる。

「早いと何か、不都合とかありました？」

　少し嫌味になってしまっただろうか、バロウは若干の焦りを滲《にじ》ませて首を横に振った。

「不都合とかではなくて、僕の時はもっと時間がかかったものだから驚いたんだよ。ええと、まずは中で休むといい。お茶を出すよ」

「はい。お邪魔します」

　誘いを受けて返事をすると、ガジルさんが耳をピンと立てた。

「おっと、じゃあ俺は帰るぜ、じゃあまたな」

ガジルさんは自分が持っていた荷物を全てカルデノに渡し、早々にこちらへ背中を向ける。

「えっ、ガジルさん、行っちゃうんですか？」

「ああ、込み入った話になるだろ、多分」

以前にも聞いたような言葉と共にガジルさんはあっさり走り去ってしまった。次に会ったら必ずお礼をしなければと考えながら中へ進む。

客間へ招かれ、人数分用意されたお茶の入ったカップへ手を伸ばす前に、預かったココルカバンを返す。指示通り買い集めた晶石がわんさと入っていて、さっそくバロウが中を覗《のぞ》き、軽く頷《うなず》いて私達へ目を向けた。

「ありがとう。これだけ集めてくれて助かるよ」

「はい」

数に問題はないらしい。礼を言う目は満足そうに細められていた。人に感謝されたなら、それがどれだけ軽く言われても多少嬉しい気持ちも湧き上がってくるものだが、今の私はと言えば相手がバロウであるため浮かない表情に違いない。

あのココルカバンの中には、メロにもらった大きな晶石も入っている。

ここへ戻って来るまでに何度も、バロウに渡していいものかと悩んだ。

あれは晶石を集めていた私達へメロが用意してくれた特別で大切な物。けれど私は単に消耗品として受け取ったつもりはない。

それでも結局はこうして渡してしまった。数はあればあるだけ良い。これが元の世界へ帰るための近道ならば、私のためになるならばと、納得させた心の隅に後悔が混じっている。

私の返事から沈黙が続いた。

中へ招かれたものの楽しく世間話をする仲ではないし、その気分でもない。時間が無駄に過ぎていると実感させられる気づまりな空間だ。

コホン、わざとらしい咳払いが聞こえ、何となくカップを見ていた私は顔を上げる。

「それで、ええとそうだな。……旅はどうだった？」

会話がなかったためか、バロウが問う。

「旅ですか……」

気になって聞いたわけじゃないだろうが、それでも問われれば思い出す、印象深い光景はあった。

「大変なこともありましたけど、楽しかったです。特にホルホウは。でもその途中で土砂崩れがあったんですよ」

「それは大変だったね」

バロウは頷《うなず》いてみせる。

ホルホウにはおとぎ話に聞く美しい人魚がいて、人攫《さら》いを捕まえたりもして、と思い起こしたところで、ふと思い出す。

「そうだ。ここへ戻ってきたら聞きたいことがあったんです」

「僕に？」

自分を指差し、バロウは軽く首を傾げる。

「そうです。事情があって、黒鉱というものを今持っているんですけど、これについて、ちょっと」

「ああ、僕に分かることなら」

興味があるのか、バロウは少し前のめりになった。

私はココルカバンから布にくるんだ黒鉱を取り出し、それをテーブルの上に置いてから中身が見えるように、くるんでいた布をめくる。

ホルホウの桟橋で見た半球体とは違い、形に加工された様子もない、ガラス質の割れた石。カルデノが人攫いの馬車から一つだけ頂戴した物だ。

「この黒鉱なんですけど……」

「これ？」

バロウが黒鉱が載った布に指を引っ掛けて、そのまま引っぱる。

あ、と思わず声を漏らす。

「触らないように」

話しぶりからバロウはどうやら黒鉱についての知識がないと解釈し、取り扱いに注意してもらうため声をかけると、布に触れていた手がピタリと止まる。

「ひょっとして危険な物とか？」

「はい。それが人の魔力を吸うみたいで」

実際に被害に遭ったガジルさんやメロがそれに触れてどうなったか簡単に説明すると、バロウは小さく頷き、もう黒鉱に触ろうという素振りを見せなくなった。

「で、これについて聞きたいことって？」

「それを私が触った時に眠気があったんです。手に持った時だけだったし、多分関係があるはずと思って」

「眠気か……」

「もしかしたら、私にも魔力があるのかなって」

「自分にもしかして魔力が微量であっても存在していて、もしくは存在し始めていて、それに反応しての眠気ではと考えたってことだね」

「そうです。気を失わなかったのは、私に元々魔力がなかったから、眠気みたいな違和感として現れたけど、意識を失うほどではなかったとか考えたりたんです」

「んー……」

バロウは困ったように表情をゆがめる。

「僕も黒鉱を知っているわけじゃないから断言は出来ないけど、多分カエデさんは魔力の代わりに活力を吸収されたのかもね。眠気もそれで説明がつく」

「……なるほど」

納得出来ない説明ではないものの、この黒鉱はあくまで魔力を吸う代物じゃないんだろうか。

バロウも自分で言っていた通り、黒鉱について詳しい知識はない。この話はあくまで可能性の一つとして受け取る程度に留めておくのが良いだろう。

魔力を持たない異世界の人間が、そう簡単に無かったものを生み出したり蓄えたりするなんて出来るとは思っていなかったものの、ため息を吐かずにはいられなかった。

カルデノが出されたお茶のカップを持ち上げる。

この部屋の中に流れる空気は重い。

こうして会話をしていたとしても私はバロウにまったく気を許しているわけではないし、向こうも私達に対してどう思っているのか知らないが、お互いの言葉が少ないため会話がすぐに途切れる。

テーブルの上で組まれた自分の手を見るバロウは何を考えているのか、顔を落としたまま。……気まずい。

「あの、準備はどれくらい進んでますか」

「準備……。あ、ああそうだ、それについて頼みたいことが」

「はい？」

どれくらい進んでいるのかを先に答えてくれてもいいのに、何だかごまかされた気がする。

頼みはなんだろうかと言葉の続きを待つ。バロウは咳払いをしてからゆっくりとした動きでお茶を一口、二口と丁寧に味わい、じらされているようでむずむずと手が動く。

コト、とカップを静かに置いてから口を開く。

「その、紙が欲しいんだ」

「紙？」

「色々と書き留めるための紙を、もう間もなく使い切ってしまうんだ」

困ったように眉を寄せ、やや口調が早まって焦りが混じった口ぶりだ。ホノゴ山で見たあの紙の山を思い起こせばそれも納得出来る。

本人が申し訳なさそうな顔をしているのもあって、何より長距離の移動に慣れつつありまたすぐに出立しなければならないことも苦ではなかった。自分に出来ることが、情けない話これしかない。積極的に動かなければならなかった。

だから私は迷うことなく頷《うなず》いた。

「分かりました。少し休んでから行きます」

「ああ、助かるよ。ありがとう」

紙を求めて買い物をしたことがないため、私はどこへ行けばバロウが使う紙が買えるのか考え始めた。近くにそういったお店はあったかどうか。

地理が頭に入っていないのでお店を探しながらになるなと宿近くの風景を頭に思い浮かべる。

「それで場所だけど……」

今度はちょっとした子供のおつかいみたいなものだと油断していたところ、とある街の名前を伝えられた。

「リアルールって街に、リクフォニアから仕入れられている紙があるから、どうしてもそれが欲しいんだ」

ここでおや、と頭の中の風景が消える。他の街にまで足を伸ばすとは予想していなかった。

「別の街……。この町には売ってないんですか?」

「残念だけど、リクフォニアから仕入れてる紙は売ってない」

そこまで違いがあるのかと疑問に思うが、きっと詳しいのであろうバロウからしたら大きな違いかもしれない。本人のこだわりに口出しするのは気が引ける。

　ともかくリアルールがどこにあるかを尋ねる。するとバロウは私達が晶石購入のために使った地図で、場所を指した。

「ここだよ」

「ここ……」

　今いる町であるアンレンから直線距離を目測すると、晶石を買うため最初に立ち寄ったレクレブとほぼ変わりない。場所はまったく違う所だが移動時間にまた一日はかかってしまうだろう。

「……わざわざリクフォニアの紙でなくてもいいんじゃないですかね」

　こだわりに口出しするのは気が引けるとは言っても、これではいくらなんでも遠すぎる。急ぎならば求める紙でなくとも近場で手に入るだろうに、バロウが首を縦に振ることはなかった。

「すまないが妥協は出来ない」

「でも、紙ですよ?」

「紙だけれど」

　もちろん紙にも色々と違いはあるだろう。こだわりたい気持ちを否定しない。だが、無くなりそうだと心配ならなおさら近場で手に入る物で妥協して欲しい。

「でも遠いですよ、どうして妥協出来ないのか理由を教えてもらえると納得も出来るんですけど」

「本当に申し訳ないと思ってる。けどなにがなんでも妥協出来ない。質の良い紙はインクも滲《にじ》みづらいし劣化しにくい。購入して戻ってくるまでに時間がかかったとしても長い目で見るとリクフォニアの紙を選びたいんだ」

わずかな躊躇《ちゅうちょ》もない答えだった。こう言われては食い下がることも出来ない。仕方なく頷《うなず》き、リアルールへ向かうことが決まった。


アンレンを再び出立して、何度も何度も長距離の移動を短期間に繰り返すなんて疲れるし、したくないのが本音だとカルデノに言ってみた。

するとカルデノも同調して頷いた。

「だが、だからと言って他にお前達に何が出来ると言われたら、口を閉ざす他ないな。専門的な知識だの何だのと、触れたこともない」

「そうだね。魔法を何も知らないんだから子供のお手伝いがせいぜい」

子供のお手伝い程度……。自分が帰るためだというのに言ってて悲しくなる。

「だから、少し不安でもある」

「不安？」

魔法のことを分からない素人《しろうと》だからだましやすいとか、そんなところだろうか。

「また何かを頼まれて遠くへ行けと指示されて、それが終わったら次、また次と休む間も与えられないままこき使われるんじゃないかとな」

「うーん。ないとは言い切れない」

リアルールまでは道中おだやかに過ごすことが出来た。

が、しかし。到着してからが問題だった。

「大きな街だね」

「そうだな、うん。これじゃあ何を探すにも一苦労だ」

リアルールはギニシアの王都に負けず劣らず大きな街だった。人は多く、建物も込み入っていて、どこに何があるのかも分からない。当てもなくリアルールの街を歩き始めて少し経った後の私達の感想だった。

しかもバロウから事前に教えてもらえた情報はほとんどない。たしかこの辺にあった、と説明されたのもあやふやなものだ。

近くに大きなレンガの建物があって、広い道に面したお店だ、と。

この街の大きさからして該当するお店なんて山ほどあるだろうし、そもそも的確な説明とは程遠い。これはお店を探すのにかなり時間がかかることになるだろう。

「宿から探すべきかな。それともお店？　聞き回ってみるのも手っ取り早いし」

「そもそも今日中に戻るなんて無理なんだ。先にゆっくりと宿を探そう。ここまで来たらバロウのことは待たせたって問題ないだろう」

「……それもそうだね」

私はため息交じりに、ちょっと投げやりだった。バロウがリアルールを指定したのに、どのお店にリクフォニア製の紙を置いているのか曖昧《あいまい》な説明しか出来なかったのは、覚えていなかったから。自分は行けないので直接見て思い出すことも出来ない、というから面倒この上ない。

全体を確認することは出来ていないが、リアルールはかなり広そうなので、探し回るのに都合の良い街の中心に近い場所の宿を利用することにした。宿の人にもリクフォニア製の紙を売っているお店を知らないか尋ねたが、知らないと首を傾げられるだけだった。

まだ日が高いことだからと宿の周辺を調べて歩いた。宿の近くの沢山のお店を一軒一軒確認すると、紙やインクを売っているお店を見つけた。

残念ながらそのお店にリクフォニア製の紙は売っていなかったが、確か別のお店には置かれていた気がする、とそのお店の女性店員さんが教えてくれた。

「本当ですか？　よかったー」

ほっと私は胸をなで下ろした。この街に初めて来たことを伝え、くわしい場所を教えてもらい、さっそくそちらへ向かうためお店を出ようと扉を引いた。

「おっと」

「あっ」

扉を開けると運悪く次の来店客と正面からぶつかってしまい後ろによろけ、慌てて謝罪する。

「ご、ごめんなさい」

「おや、偶然だね」

それに返って来たのは聞き覚えのある女性の声、そして偶然ぶつかってしまった人とは思えない言葉に、パッと相手の顔を確認した。

「あれっ、リタチスタさん?」

目の前に立っていたのはまぎれもなくリタチスタさんだった。橙色の長い髪、ツバの広い帽子。口元にはうっすらと笑みが見て取れる。

「いかにもリタチスタだよ。偶然だね」

強調するかのように二度、偶然と言った。

「そうですね。驚きました……」

本当に偶然だろうか。リタチスタさんはギニシアにいたかと思ったのに遠く離れたカフカで、しかもこの大きな街リアルールだ。いや、大きな街だからこそ用事があったのかもしれない。

ここで何をしているのか、ポカンとリタチスタさんの顔を見上げていると、片眉を上げた。

「ここで何をしてるのかって顔だ。気になるかい？」

まるで心を読まれたかのような問いに驚いて、小さく頷《うなず》く。

「そうか。それなら理由を聞かせてあげるから、いつまでも店の出入り口をふさいでないで、ちょっとどこかへ行こう」

「あっ」

リタチスタさんの存在に気を取られて、自分が今どこに立っているのかをすっかり失念していた。

外へ出たリタチスタさんの後についてカルデノと数歩歩き出したのだが、どこに行くかを決めると思っていたその本人がすぐに立ち止まってしまった。

「しまった、私はさっきここに到着したばかり。どこかへ行こうにもあてがないのをすっかり忘れていたよ」

「えっ」

用事があったからリアルールに立ち寄り、偶然出くわしたのでは？　あてがないとなるとちょっと話が変わってくる。

「……ところで君達、今どこの宿を使ってる？」

今まで気がつかなかったがリタチスタさんは肩に皮袋の荷物をかけていた。それをちょ

いと自分で指差す。

「近くの宿、ですけど……」

リタチスタさんはニコリと笑顔を見せて案内してくれと言い放った。

本当にリアルールには来たばかりだったようで、そのまま私達が使う宿に自分も宿泊を決めてしまった。

そうしてリタチスタさんが借りた部屋へ招かれると、部屋は私達の借りた間取りと同じで、ベッドも二つあった。

「君達が宿を知っていて助かったよ。ありがとう」

「いえ、たいしたことではないので……」

宿なんて探せばこの大きな街に沢山あるはずで、それをリタチスタさんが分からないはずもない。

となると、私達と同じ宿を使いたい理由が何かあるのだろうか。心当たりがあるとすると私達の方が先にカフカへ来ていたため、偶然見つけた私達がバロウを見つけることが出来たのか確かめるためだろうか。

リタチスタさんがベッドの片方に腰かけ荷物を降ろしたのを確認して、私とカルデノも部屋にあるテーブルの椅子に座る。

「もしかして、リタチスタさんも結局バロウの所在が気になって、ここまで来てしまったんですか？」

「ん……？　ああ、そう。野暮用があって真っ直ぐは向かえなかったけど」

「カフカにいる可能性が低いんじゃないかって言ってたのはリタチスタさんだったから、まさか来るとは思いませんでした」

「君達が発った後、バロウに関して何も分からなくなってね。どうせなら君達と同じくカフカにでも行こうかなと、今こうしてここにいるわけだ」

リタチスタさんに少々疲れが見えた。両腕は力なく膝《ひざ》の上に置かれ、いつも筋が通ったようにピンと伸びた背筋が丸まっている。

「で、バロウは見つかったかい？」

まるで期待してない。バロウはどうせいなかったんだろう、と言葉に含まれているようで、それならきっとリタチスタさんもバロウがアンレンにいたことを喜ぶとはずと口を開く。

「はい、見つかりました！　リタチスタさんに教えてもらった場所に、普通に暮らしていましたよ」

「ええ？　じゃあどうしてカエデ達はこんな所にいるんだ？　バロウを必死に探していたように見えたけど」

バロウのいるアンレンから離れたリアルールでのんきに宿まで取ってるのだから、リタチスタさんが疑問に思うのも無理はない。今回だけでなく前回の遠出の疲れも思い出してしまい、頭を押さえた。

「色々あって、ちょっと……」

「へえ?」

リタチスタさんは煮え切らない私からカルデノに目を移す。するとカルデノが私に代わり答える。

「まあ、使い走りだな。紙を買って来いと頼まれた。わざわざリクフォニア製の紙でないとダメだとまで言われてな」

おつかいか、とリタチスタさんは呟《つぶや》く。私が自分で出来ることがおつかい程度なのを笑われるのではと、おずおず頷《うなず》いた。

「他にやることがあるかって言われると微妙なんで、おつかいもこうして受けたわけなんですけど」

「ふうん。にしてもリクフォニア製の紙か」

ふと悩む素振りを見せてから、納得したように声を漏らす。

「だからさっきもあの店にいたわけだ」

「はい、あのお店にはなかったんですけど別のお店にならあるって教えてもらえて、リタチスタさんにぶつかった時は、ちょうどそっちのお店に行こうとするところだったんです」

「なら悪いことをしたね。私のせいで予定が大幅に狂ったんじゃないか？」

言いながらリタチスタさんは外の明るさを確認するためか窓へ目を向けた。日が沈み始めるまで少し時間はあるだろうかという時間帯。

「よし」

意気込んだ声をあげ、リタチスタさんは座っていたベッドからスプリングを利用して、勢い良く立ち上がった。

「どうしました？」

今日はもう外出しないだろうと思い込んでいたばかりに気になった。

「なんなら今からその店に行かないか？」

「え、それで今立ったんですか？」

「当然。言いだしっぺがまずは動くべきだろう？　それに暇なんだよね」

今からまた出かけることを面倒には思わないが、もっとバロウはどうしているかとか、そういった情報を欲しがって根掘り葉掘り次々聞かれるかと思っていただけに、どうも反応があっさりし過ぎているように感じられる。

「今から行けば帰りには日が暮れるぞ。急ぐ必要はないんじゃないか」

カルデノが言う。

「明日なら明日でもいいよ。必ず私を誘ってくれよ、暇だから」

「そっちが暇でもこっちは暇じゃないんだが」

ムッとしたように顔をしかめてカルデノが言い返す。リタチスタさんは口だけで悪い悪いと言って、悪びれた様子はない。

「でも君達はバロウにリクフォニア製の紙を買ってくるよう言われたんだろ？　今日店が閉まる前に買って、明日すぐに街を発てば早いじゃないか」

さあ行こう、と部屋の扉を開ける様子はいたって落ち着いた大人の女性であるにもかかわらず、目の奥には隠しきれないワクワクとした気持ちが輝いていた。

リタチスタさんにしてみたら私からあれこれ聞くよりも、本人に直接会って話を聞くほうが手っ取り早いだろうし、ならそのためにも一つ一つの行動を早めるべきだろうと、私も腰掛けていた椅子から立ち上がった。

「本当に今から？　ここへ帰ってくるのが遅くなるのに。大きいとは言え知らない街だ。なるべく暗い時間帯は外に出ない方がいい」

カルデノだけがまだ立ち上がらず椅子に座ったままで、真剣な面持ちでじっと私を見て言った。

そんな私とカルデノの間にリタチスタさんは体を滑り込ませ、腰を折って座ったカルデノと目の高さを合わせる。

「大丈夫だよ。私もカルデノもいるじゃないか。余程の巨人に襲われても太刀打ち出来るさ。だろう？」

　ホノゴ山で見せた魔法、決して弱い人ではない。それに自分もいるという自負もあって
カルデノは椅子から立ち上がった。

「そうだな」

　それから三人で宿の外に出る寸前、一番後ろを歩くカルデノが思い出したように私を呼
び止めた。

「カエデ、ちょっといいか」

「どうかした？」

　カルデノを振り向く。

「ん……」

　どうも様子がおかしい。気にせず出入り口を開けたリタチスタさんを何やら気にしてい
るようで、背中を見ていた。

「あの、リタチスタさん、ちょっとすみませんけど、少し待っててもらえますか？」

　一度リタチスタさんを遠ざけるためくわしいことは伝えずただそう言うと、リタチスタ
さんはにこやかに答えた。

「ああ、構わない。この辺で待ってるよ」

「ありがとうございます」

パタン。リタチスタさんが外へ出たあと、扉が閉まった。

カルデノと何を話すにしても、今いる出入り口付近では他の利用客が来た時の邪魔になるだろうからと、少し逸れた場所で改めてどうしたのかと聞く。

「何か部屋に忘れ物でもした？」

「いや、そうじゃない。リタチスタは私達とバロウの所へ行こうとしているな。多分帰りはあの空を飛ぶ荷台があれば一緒に乗せてもくれるだろう」

「うん。すごく助かるけど」

何せリタチスタさんが使う魔法の体現みたいなあの空飛ぶ荷台は移動が速くて、馬車にはつきもののガタガタした揺れもない。もし一緒に行こうなんて言われたら私は喜んで乗り込む。

けれどカルデノは私の返答に、あまりいい顔をしなかった。

「どうするんだ、バロウはリタチスタをごまかすための、偽物の魔法みたいなものを作ってる最中じゃなかったか。リタチスタを連れて行っていいのか」

「え、あっ」

やたらと今外出するのをためらっていた理由や、空を飛ぶ荷台について気にしていた理由に納得がいくと同時に、サッと血の気が引いた気がした。

「良くないかも。でも私達が一緒に行かなくても、リタチスタさんだって普通に行くよね

「……そうだな」

「……」

つまり、外に待たせているリタチスタさんに何かしら理由をつけて外出がなしになったと伝えたとして、数日間この街から離れられない口実を見つけたとして、じゃあ私も一緒にいてあげようなんてそれに付き合う義理がリタチスタさんにはない。

暇だと言っていたからもし私達の用事がとうに済んでいたらすぐにリアルールを去っていたことだろう。

この街に立ち寄ったのも何となく気が乗ったから程度のものだろうし。

となるとバロウにこのことを伝えたいが、伝える手段がない。

「ど、どうしよう？　そう言えばリタチスタさんって私に、バロウの家に何かあれば全部持って帰ってきてくれとか言ってたくらいだし、あと熱心に作ってる魔法もアルベルムさんの研究してる物と違うって言ってたし、顔を合わせたら殴り始めるなんてこと、さすがにないよね」

「それはさすがにないだろう。……多分」

リタチスタさんはバロウの扱う魔法の内容にこだわっていて、私が元の世界に帰るためにリタチスタさんの望んでいない魔法を作っていると知られたら一体どうなるか、想像も出来ない。最悪、阻止されて帰れないなんてことになったら困る。

バロウのことをかばいたいわけじゃないが、悔しいことにバロウにしか、私を元の世界に帰すことが出来ない。

「ああ、どうしたらいいのかな。手紙でリタチスタさんのことを伝えるとか」

「手紙より先にリタチスタが到着するかもしれない」

時間稼ぎがそれほど出来ないのは憶測でも分かるとおり。ここから出した手紙が三日で届いたとしても遅いのだ。

「手紙がだめってなると……」

「何がある？　まったく思い浮かばない」

「私も」

他に、案はなかった。私もカルデノも表情は険しい。

カルデノの拳がギュッと握り締められた。

「もう、流れに任せるしかない。何もバロウだってそこらへんに陣を書いた紙を撒《ま》き散らしてるのでもない。どうにでも出来るだろう」

「そう、願おう」

私はゆっくり頷《うなず》いた。

考えるのを諦《あきら》めたとか、面倒になったとかじゃなく、私とカルデノにバロウへ現状を伝える手段は結果として思い浮かばなかった。仕方ない。

怪しまれるほど長話はしてなかった。外へ出てリタチスタさんを見つけると、同じく私達が宿から出てきたのを見ていたリタチスタさんがスタスタ歩み寄ってきた。

「用事は済んだね？　行こうか」

「はい。じゃあもらった地図を出しますね」

地図を頼りに慣れない街を歩く。

三人で覗《のぞ》き込んで徒歩で向かい、目的地へ到着した時には空も薄暗くなっていた。

もしやお店がすでに閉まっているかと心配したが、窓から店内の明かりが漏れていて、営業していることを知らせていた。

「よかった、まだ営業中みたいだ」

立て看板に押さえられて開かれたままの扉をリタチスタさんの後に続いて通る。中は本や文房具類、雑貨など様々な物が棚に並べられている。

入り口のすぐ横にあるカウンターの奥から、いらっしゃいませと男性店員が声をかけ、パタパタと小走りで姿を現した。

「こんばんは。この店にリクフォニア製の紙が売っていると聞いて買いに来たんだけれど、あるかな？」

リタチスタさんはさっそく注文の品について問う。

「え、ああー……。申し訳ないんですけど、今はもう売ってないんですよ」

「売り切れとかでなく、そもそも取り扱ってないってことですか？」

ここまで来たのに、と気持ちが前に出てしまったようで、男性店員はすみません、と軽く頭を下げる。

「何年か前なら確か売っていたかと思いますけど」

男性店員は一応、と広くはない店内を見回すが、確かに置いていないようだった。

「そうか。なら他に取り扱っている店に心当たりはあるかな？」

「いやー、ちょっと分からないですね、結構珍しいでしょうし。あっ、でもリクフォニアにこだわらないなら、ここにも色々と種類はありますよ！」

他の店に客を流すまいと、あれこれ質の良い紙をカウンターに並べて見せる。

沢山の種類を見せられても、バロウに頼まれたのはリクフォニアの紙一択。残念だがここで買うことはない。

「リタチスタさ……」

「おお、どれもいいじゃないか。この店で一番質が良いのはどれかかな？」

「こちらになります！」

もうこのお店で購入する気満々だった。

「ならこれを二百枚くれるかな」

「はい！」

サイズも枚数も指定され、準備のため動き始めた男性店員を尻目にリタチスタさんはかすかに笑みを浮かべている。

「えっ、ちょっと待ってください、リタチスタさん！　バロウが頼んだのはこれじゃないですよ」

「分かってるよ？」

私は疑問に首をひねった。

「今買う紙は、リタチスタさんが個人的に必要な物ですか？」

「いやいや、バロウに渡す物だけど。まさかカエデは言われた通りの品を用意しようって考えていたの？」

「え、まあ、一応探してみないと、とは……」

リタチスタさんはまるで笑っていることを隠すようにそろえた指先で口を隠した。

「律儀だねえ」

「そう言っても、バロウにはリクフォニア製の紙じゃないといけない理由があるんだって……」

「もし違う物を買って戻って、出直せなんて言われるのも面倒だろう」

カルデノも私とは少し違う考えだが、結論としては見つかるまで探すというもの。だがリタチスタさんはそう思わなかったようだ。やれやれといったふうに両手に腰に当てる。

「バロウも、紙の違いなんて余程の粗悪品でない限り見分けはつかないと思うよ」

そんなまさか、と否定する反面、そうかもしれないと疑う自分もいる。

だってカウンターに並べて見せられた紙はどれも繊維も色も厚さも均一。リタチスタさんがこれと指定した物は、ちゃんと良い品だ、と言った。

「それに、ちゃんと店の詳細を伝えなかったバロウが悪いんだから、見つからなかったからこれを使ってくれって言えばいいのさ。むしろ見つからなかった物の代用品を探して購入することは褒められる行為だよ」

「そうかもしれませんけど……」

バロウとリタチスタさんは同じアルベルムさんの弟子として魔法について調べていたり研究していたのだから、バロウに何が必要かも理解しているだろう。リタチスタさんの意見ならば、こだわりや使い勝手に差があってもバロウが必要な点についてはクリアしているはずだ。

「ちなみにバロウがリクフォニア製にこだわる理由は聞いたり?」

「ええと、確かインクが滲《にじ》みにくいし劣化にも強いとか。とにかく妥協は出来ないって」

「なら問題ないね。ここの店の品だってインクは滲まないだろうし劣化にも強い。なにせリクフォニアの紙と質が似ている。個人的なこだわりがあるなら店も指定するべきだったバロウに非がある。気に病む必要もない」

「お待たせしました！」

男性店員は言葉と共に大量の紙をカウンターにドンと置いた。

「ああ、ありがとう」

小さな財布で支払いをさっさとリタチスタさんが済ませてしまったため、遅いと分かってはいたが慌てて止める。

「お金ならバロウから預かってますよ」

「いいんだ。これでしばらくバロウの家を使わせてもらうための口実が出来たから」

「え、バロウの家ですか」

「そうだよ」

購入した紙は本と同じような比率だが縦が五十センチほどもあるかなりの大きさ。

リタチスタさんは折り曲げることの難しいその束をそれでも半分に曲げるようにして私の袈裟《けさ》がけのココルカバンにねじ込んだ。

「よーし、じゃあ宿に戻ろうか。夕飯は私も混ぜてもらえるかな」

「はい、大丈夫です」

「ああよかった。一人じゃ食事も美味しくないんだよねえ」

私とカルデノはリタチスタさんに背中をグイグイ押されながらお店を出た。

「長かった探索はこれにて終了だ」

「その長かった探索、お店一軒目で終了したんですけど」

「まあまあ！」

宿へ戻ってから、中にあった食堂で三人そろって食事しようとさっそくリタチスタさんに誘われ、思い思いの物を食べる。

お腹を空かせているであろうカスミのために美味しそうなパンを一つココルカバンに詰めた。

食堂は人が多く席のほとんどが埋まっていて、ガヤガヤと騒がしい。

「お疲れ様、明日は私が君達をアンレンまで連れて行ってあげるから安心してくれて構わないよ」

「ありがとうございます」

三人で使って少し広く感じられるテーブルには注文した物がずらりと並んでいる。カルデノはすでに小さな一皿目をパクパクと平らげるところだ。

「リタチスタさんは、バロウの所へ行ったらしばらくは留まるんですか？」

「まあね」

答えながらリタチスタさんは切り分けた肉を食べ始め、合間に続ける。

「色々と気になることがあるから、ゆっくり聞き出していこうかと思ってるんだ。素直に答えてくれたらいいんだけど」

「そうですか……。ならきっと長話になるかもしれませんね」

旧知の仲だ、そうもなるだろう。

リタチスタさんはそうかもね、と楽しそうに目を細める。

「ああそうだ、君達がこっちに来てからどんなことがあったか聞いても？」

「どんな、とは」

抽象的な質問で言葉が詰まる。すると私が身構えたように感じたのか、リタチスタさんは不思議そうに少し笑ってみせる。

「どんなもこんなも、ずっといた国を離れたんだ、何か印象に残ることの一つもあったろう？　ちょっとした食事のお供にでもと思ってさ」

バロウに頼まれて向かったホルホウでのことが一番印象に残っているが、なぜホルホウへ行くことになったのかを聞かれると、どうしても晶石を集めるためと答えざるを得ない。そしてなぜ晶石が必要なのか、とどんどん問い詰められてしまい、いずれ質問に答えられなくなる危険がある。

「私の故郷に帰ってた」

どう話したものかと考えあぐねていたら、カルデノが食事の手を一旦止めてゆっくりとした様子で口を開いた。

「正直、聞かれたくないことばかりあったんだ。だからカエデも答えに困ったみたいだな。聞かないでもらえないか」

「君の故郷は近くだったたね。確かアンレンの近くと言ってたか」

「ああ。悪いな。面白い話の一つも無くて」

「構わないさ」

リタチスタさんからの追及がなくなったことに私はホッと胸をなで下ろした。

「なら私が話すのが筋かと思うが、まあこちらも、あいにく面白い話はなくてね。君達と私に共通した話題と言えばバロウだけど、……あっ、バロウの失敗話でも聞かせようか？」

「い、いや結構です……」

わざわざ食事の時間にバロウの話題など広げたくない。

「バロウは駄目か」

とりあえず否定はしないでおいた。

「じゃあ私の自慢話でもしようか」

食事が終わるまで他愛のない話をして過ごした。

「おーい、開けろ。バロウ、出迎えておくれー」

リタチスタさんと共にバロウの家の前まで来たはいいが、なぜかリタチスタさんは目の前の扉でなく、その横の壁を握り拳、しかも素手でガンガンと恐らく家の中まで響くほど力強く殴る。レンガで出来ているのに多分このまま続けたら壁に穴が開いてしまうかもしれないと思わせるほど力強い拳だ。

荷台を目立たない場所へ降ろした後、リタチスタさんは黒いポシェットだけを持ってここまで来た。

「あ、あのリタチスタさん、どうしたんですか？　ここに扉があるじゃないですか」

指を指すが、なぜか興味なさげだ。

「え、ああでもそれ、きっかけがないと見えないように出来てるみたいだから、……面倒だろ？」

「きっかけ……？」

私も、バロウの住むこの家に初めて来た時は扉がない家を疑問に思った、家の周りを一周したら、なかったはずの扉が姿を現していたのだった。

「もしかして、この家の周りを一周したら中に入れるようになるとか、そういった仕組みかもしれません。私も最初ここに来た時はそんなふうに……」

結果として存在しないと思った扉が現れたのであって、それが正しい手順かどうかは知らない。

リタチスタさんは私の言葉を聞いて面倒そうに片方の眉を吊り上げた。

「それはちょっと、なんだかやりたくないな。それに今はカエデがノックするだけで済むんだから問題ないね」

ウロウロする私を見てバロウが笑っているかもと思うと腹立たしい、とリタチスタさんはバロウの家を睨《にら》んだ。

「別にそうじゃないと思いますけど……」

家の周りを歩く人を見て楽しむ趣味がバロウにあるとは思えないので、リタチスタさんの考えすぎだ。

扉の前で騒いでいると、突然扉が開いた。

「なんだか騒いでるみたいだけど、どうしたんだ？　家の壁は壊さないでくれ」

家の壁を思い切り叩いた犯人を私か、それかカルデノだと思っているらしいバロウは迷惑そうに表情をゆがめていたが濡れ衣もいいところ。

今戻りました、と言う暇もなく、開いた扉から死角になる位置にいたリタチスタさんが扉を閉じられないように手を掛けた。

「え」

バロウからすると急に現れた女性の手。目を見開いた。

「やあ、久しぶりだね、バロウ」

もったいぶって扉の影からゆっくりとリタチスタさんが顔を見せた。

「リ、リ、リタチスタ……?」

まるで化け物に遭遇したようにバロウは目を見開き、リタチスタさん相手に腰が引けている。

「ああいかにもリタチスタだ。なんだい?　会いたくなかったって顔じゃないか」

「あ、いや……」

と言いつつチラリと私に向けられた目は、余計なものと帰ってくるなと訴えているように感じた。

リタチスタさんの目の前で何を言えるでもなく、私はバロウから目を逸らした。

「すまないけど中に入るなら後にしてくれないか、片づけをしてからな。一時間くらいどこかで時間を潰して来てくれ」

バロウの握る扉の取っ手が軋《きし》み、力任せに扉を閉めようと引いているようだ。

「いやいやそんなご丁寧に構わないでいいんだ。中に入れてくれよ、積もる話もあるだろう。お互いにね?」

扉から離れまいとリタチスタさんは、外側のドアノブと扉のふちに両手をかけた。このままではいずれ扉が壊れる。

私は何となくカルデノに目をやったのだが、カルデノもこの状況にただ小さく首を横に振るだけ。

「そうだ、それとも私も片付けを手伝ってやろうか？」

「結構だ！　大体なんでお前っ、ここにいるんだよ」

「バロウに会いに来たんだ、嬉しいだろう」

扉の軋《きし》む音は聞こえ続ける。

「それに、どうしてカエデさん達と一緒に？」

「リアルールで偶然一緒になったんだ。紙を買ってくるよう言いつけたんだって？　それもわざわざリクフォニア製の。私も一緒に探し回ったんだよ、いやあ苦労したなあ、ねえカエデ」

「え、あ、はあ……。まあ」

探し回るまでしたとは……、こちらへ向けられたリタチスタさんの笑顔には黙って頷《うなず》けと圧を感じ取り、ぎこちないながらも小さく頷いた。

「探し回った割に戻りは早いみたいだけどな」

「おや、かけた時間が全てだなんて研究者にあるまじき。こちらの苦労を目にしたわけでもないのにその言い方はひどい、なっ！」

扉の引っ張り合いでは埒《らち》があかないため、リタチスタさんは扉に掛けた手をそのままに、片脚を胸の高さでドンと扉の枠に踏ん張って、体重をかけて引いた。

「うわっ⁉」

突然引く力が強くなったためバロウが耐え切れなくなり、ドアノブから手を離さないから外へ引きずられるようによろけた。

「いきなり……！」

バロウの文句を聞く間もなく、リタチスタさんはサッと、素早い動きで家の中に滑り込んだ。

「お邪魔してるよ、バロウ。まずはお茶でも出してもらおうかな」

「…………」

我が物顔で中へ足を進めるリタチスタさん。バロウはもう一度私に、面倒を持ち込みやがってと言いたげな表情を見せてから、追いかけるように中へ入る。

「怒ってたよね、あの顔」

「どうだろうな。怒ったってどうしようもないとは思うが怒らせておけばいい。私達も中へ行こう」

「うん」

リタチスタさんがバロウの指示通りの部屋へ真っ直ぐ行かずに違う部屋の扉を開けたり、そしてそれを怒られたりしながら客間にたどり着いた。リタチスタさんは注文してバロウに淹《い》れさせたお茶を一口飲んで、口を開く。

私の向かいに座ったバロウはこの数分でずいぶん疲れきった顔で、隣に座るリタチスタさんを密かに睨《にら》んでいるのが私から丸分かりだ。

「さて、じゃあカエデはバロウに頼まれてた紙を渡したらどう?」

「あ、はい。そうですね」

私は言われて、ココルカバンから紙の束を引っ張り出した。

角やふちが折れたりよれたりで買った時と全く変わらない綺麗な状態とは言えなかったが、バロウがそれについて何か言うこともなかった。

「これ、頼まれてた紙……です」

そしてそっとテーブルの上に差し出す。頼まれていたリクフォニア製の紙ではないため、罪悪感から少し声が小さくなってしまった。

「ちなみにお金は私が出したよ」

リタチスタさんは自分を指差してにこりと笑ったのだが、どうにも目が笑っていないような。

「はあー……」

この状況に頭が痛むのか、バロウは額に手を当てながら隠しもしない大きなため息を吐いた。

「注文の品が手元に届いたっていうのに、どうしてため息なんて吐くんだい? せっかく足を運んでくれたカエデとカルデノが可哀想だろ？」

テーブルの上に差し出した紙をリタチスタさんは一枚つまみ上げ、バロウの目の前に差し出す。

「あ、ああ。ありがとう。手間のかかる注文をすまなかったね」

バロウからしたら視界を遮っていて邪魔であろうリタチスタさんがつまんでいた紙を取り上げテーブルに戻す。

「それで、リタチスタはどうしてここに？　ギニシアにいたはずだろ」

「さっきも言ったじゃないか、バロウに会いに来たって」

「……どうして」

バロウは不機嫌を隠さず呟《つぶや》く。

「ちょっと聞きたいことがあって」

「と言うと？」

リタチスタさんはポシェットから汚れた数枚の紙の束を取り出した。私はその紙に見覚えがあり、それがホノゴ山の小屋で見つけた覚え書きだとすぐに気付いた。

「これなんだけど」

「……それは？」

「見覚えはあるだろう？　ホノゴ山の、君の使ってた小屋で見つけたものだよ」

「ああ、覚えてる」

「そう」

リタチスタさんはバロウの目を見ていた。対してバロウは、それがどうかしたのかと軽く首を傾げている。リタチスタさんは初めてあの覚え書きを目にした時、こんな物をなぜと何度も読み返していたが、それはリタチスタさんの考えすぎだったのだろうか。

「バロウはさ、先生とした約束を覚えてるかな」

「うん？　約束？」

約束。

この二人の間で出てくる約束といえば、二人の先生であるアルベルムさんの死に際、バロウが研究を引き継ぐと約束したのだと、そのたった一つだけ。今リタチスタさんが言っているのがそれとは限らないものの、あごに手を当てて考える素振りを見せるバロウが約束を思い出す気配はない。

「いや……。俺は先生と何か約束を交わした記憶はない、と思う」

「えっ」

「え、って？」

私は思わず声を漏らし、バロウはこちらに意識を向けた。気にしないでと大きく左右に首を振る。

「あ、いえ。長いことアルベルムさんの所にいたらしいですから、その間一つの約束もしてないなんて、逆に珍しい気がして」

「確かに長い間世話になったけど、これと言って思い出せる約束は……」

「そうか、じゃあ私の勘違いみたいだ」

そう言ってリタチスタさんは椅子から立ち上がった。

「さて、お茶もご馳走になったことだ。私は休もうかな。バロウ部屋を一つ貸してくれないか？」

「はあ？　なんでだよ。宿を借りたらいいだろ」

「お金がないんだ、ほら、君にリクフォニア製の高い紙を買ったものだから」

わざとらしく肩を落とす。

「なら金を返せば大人しく出て行くんだろうな」

「そう思う？」

バロウはまたも大きなため息を吐いた。

「いい、俺が今空き部屋を片付けてくる」

覇気のない声で呟《つぶや》いて、バロウは客間から出て行った。

足音が遠ざかるのが聞こえる。一方リタチスタさんはと言えば、一度上げた腰を再度椅子に落ち着けてニンマリと笑った。

「驚いただろう？　私はしつこいんだ。バロウはそれを嫌《いや》って程知ってる。自分が折れないと平行線をたどるだけだって分かってる。日頃の行いっていうのは大切だと思うなあ」

一体日常的にどんなことが起こっていたのか少し興味があったが、ここで話題に触れたいとは思わなかった。

「そうだ。紙の違いに言及されるんじゃないかって心配してたみたいだけど、何の問題もなかっただろう？」

「そうですね、あんな目の前で見せられて、手で触って、でも何も言ってませんでしたから」

大人しく座っていたカルデノが、テーブルの上に積まれたままの紙を一枚、指先でつまみ上げる。

「違いが分からないなら、なぜリクフォニア製の紙である必要があったか疑問だな」

「さあねえ。長期保管に向かないとか、書き心地が違うとか理由は色々あるにしろ、この紙だってそれなりの高級品だ。リクフォニア製を頼んだ本人が気付かない程にはね」

「でも、それならもっと近場で出来の良い紙を探させてくれたら良かったのにって思いますね。結局リアルールにもリクフォニア製の紙があったのか分からないし」

「あ、そう、それだ」

ピッと立てた人差し指で私とカルデノを交互にゆっくりと指す。

「ありもしない買い物を頼まれるなんて、君達もしかしてわざと遠ざけられてるんじゃないかい？」

「…………」

まるでリタチスタさんの指先に考える力を奪われるように一瞬、ほんの一瞬だけ思考が滞った。

「いや、ありもしないと言うより、その辺で解決出来てしまう用件を複雑に、面倒にされてるのかな？」

思いもしなかった言葉を告げられて戸惑った。

カルデノも同じように言葉を失っているようだった。

「え、…………ええと」

そんなことはないだろうと、口から出て来ない。

私を本当に元の世界に戻してくれるのか、と急に疑心が大きく膨らんだ。

バロウはまったく私を元の世界に帰す気などなくて、晶石を買いに行ったことや今回の紙の調達も必要のない用事を頼んで、私達がいない間に何か別の準備を進めていたと考えることも出来る。

「……すぐに否定出来ない心当たりが何かあるんだね？　遠ざけられていたとしても納得出来てしまう理由が何かあるんだろう？」

リタチスタさんはテーブルに上半身を預けるようにしてこちらへ顔を伸ばし、私の不安げな顔を見上げた。人の悪そうな笑みだ。

何が何でも聞き出してやると言われたようで、同時に、私はしつこいんだと、先ほどのリタチスタさんの言葉が頭の中にこだました。

今この場を、どうやり過ごしたらいいのかを考え、体が硬くなる。

「いやいや、簡単に言えないことは理解出来るよ。でもちょっとでいいからバロウとの内緒話の内容を教えてほしいんだよねぇ」

「な、内緒話……」

軽い言葉に気が抜けるが、それでも聞かれている内容に変わりはない。そしてどうして内緒話があると勘繰られたのだろうか。どうして遠ざけられているのではと口にしたのだろうか。

依然として質問に対してだんまりの私。

リタチスタさんは客間の出入り口にチラリと目を向けてから上体を起こし、先ほどよりも小さな声で言う。

「またバロウが君達にお使いを頼んだりしたなら、今の話を少し思い出してみて」

バロウが戻ってきたのだろう、足音が近づいてくる。さらにリタチスタさんの声はささやくように小さくなる。

「君達が何を目的にしているか明確に理解してないけど、バロウは本当に信用出来るかい?」

　早口にそう告げられた直後、バロウが客間の扉を開けて戻ってきた。

「随分早いけど、私の部屋はもう片付いたのかな」

「そうじゃなくて、お前が自分で使う部屋だから自分で片付けてもらおうかと思って」

「えー、客への対応じゃないなあ」

「うるさい、俺は勝手に来たお前を客とは思わないからな。もてなしも期待するなよ」

「はいはい」

　二人の会話は、聞いていてやはり長い付き合いなのだと感じられる。私に対して丁寧な部分が、この二人はお互いに対すると扱いや返事が雑だったり、表情だって良くも悪くも全く違う。

「ねえ、今の聞いてたかい、カエデ。ここにいても食事の一つだって出てこないよ、この様子じゃあ」

「そ、そうですね」

　リタチスタさんに食事の用意はしないつもり、だろうか。

「またおしゃべりでもしながら一緒に食事しよう、私の気が向いた時だけね。ほらじゃあ立って立って」

　リタチスタさんは今度こそ椅子から腰を上げ、私とカルデノにも同じく立つよう指示して、玄関の方を指差す。

「今日はもうお帰りよ。疲れただろう?」

「え、いや、でも」

まだろくにバロウと話していない。陣の製作具合や、本当に遠ざけられたのかの確認だって、何も出来ない。けれどリタチスタさんの目の前で堂々と話せる内容でもないため、まだ話がある、と強く明確に示すことも出来ないまま私達は背中を押されバロウの家から出された。

「それじゃ、またね」

パタンと音を立てて扉が閉まる。

「……あの、これ追い出されたのかな」

「多分な」

一体なぜ? 疑問を口にすることはなく、とりあえず宿に戻ることにした。

コンコン。熟睡していた頭が扉を叩く音により意識を浮上させる。

私達の使う宿の部屋の扉がノックされたため、私は眠い目をこすってベッドから立ち上がった。

「どなたですか?」

同じく目を覚ましたカルデノがジッと扉を睨《にら》みつける。

「私だよ、リタチスタだ。ちょっと開けてくれないか？」

「リタチスタさん？」

本人の声。扉は念のためとカルデノが開けて確認してくれたが、開けた扉の先には小さな紙袋を片手に抱えたリタチスタさんが立っていた。

「やあ、おはよう。早起きだね」

「……起こされたんですけど」

外はといえば、きっとあと一時間もすると日が昇りきるだろうかという時間帯であったため薄暗い。

用件だけ聞こうと立ち上がって扉の方へ歩み寄ったが、我が物顔で入って来て私の使っていたベッドに座る。

枕元で一緒に寝ていたカスミはパッと物陰に隠れてしまい、カルデノは冷めた目をしている。

リタチスタさんはと言えば紙袋からサンドイッチを取り出して食事を始めたため、なぜ今、と疑問に思わずにいられない。

「ずいぶん眠そうだね？」

「寝てましたから。こんなに朝早く、どうしたんですか」

人を訪ねるにはあまりに早すぎる時間で、追い返されるとは思わなかったのだろうか。

私はまた眠い目をこすった。

「バロウがなかなか眠らなくて、こんな時間になってしまったよ」

「バロウ？」

「そう。バロウが寝ている隙に家の中を探して何を隠してるのかを突き止めたくてねえ」

「はあ……」

頭がうまく動かない。とりあえずベッドは取られてしまったので、部屋にある小さなテーブルとセットの椅子の内の一脚に座る。カルデノはもう眠れないと観念したようで、自分のベッドに腰掛けて迷惑そうにリタチスタさんの話に耳を傾ける。

「……ん、え？　家の中を？」

どうにか思考が現状に追い付いて来て一番に引っかかった家の中を探すという言葉。

ということは、リタチスタさんが元の世界に戻るための転移魔法について何かを見つけてしまう危険性があった。いや、もしかしたらすでに何かを見つけ出していてもおかしくない。

リタチスタさんはアルベルムさんの研究していた転移魔法を引き継いでいるかが怪しいバロウを良く思ってない。それゆえに何か目的を持ってここまで来たと考えられる。

今リタチスタさんにバロウの考える陣が見つかることは、私が元の世界に戻れないことを指すのではないか。

「何か、見つかったんですか？」

「今のところは何も。何せバロウの家だ、見えている物が全てとは考えづらいから、それなりに時間がかかることも覚悟の上さ。バロウが寝ている間にこっそり気付かれないようにってのは、中々難しいけれどね」

ガサガサと紙袋から一つサンドイッチを取り出すと、私に差し出してくれた。

「朝食はまだだろう。食べなよ」

「お気持ちだけ受け取っておきます。起きたばかりでまだ何か食べる気分じゃないので」

寝起きなものだから当然朝食はまだだが、だからと言って今の今まで寝ていた人がどうしてサンドイッチを食べられると思ったのか。

リタチスタさんは口先だけ残念そうに今度はカルデノに差し出す。

「カルデノは？　食べるかい？」

「いらない」

「いらないか、残念」

また口先だけ。表情にその残念に思う感情は出ていなかった。

そんなリタチスタさんの理解の出来ない行動のせいで聞きそびれてしまったが、もう一度聞いてみる。

「それであの、どうしたんですか？」

「ああ、用事？」

「はい」

サンドイッチが一口分減る。

「君達の隠しごとなんだけど、ちょっとだけ分かったことがあるんだ」

分かった？　何が？　どこまで？　私は口を開くことすら出来なかった。ただ一気に眠気の覚めた頭で、目で、読めない笑みのリタチスタさんの次の言葉を待つしか出来ない。

「おお、気になるって顔だね。眠気はどこかに行っちゃったかな？」

だって何を分かったというのか、と口にしたいのは山々だが、それだと私とバロウが何かを隠していると認めることになる。私は何も言えない。

「君は、バロウのことは知らなかったのに、どうしてか今は協力しているように思う。それってなぜ？」

「私がどうしてバロウを探していたか知りたいってことですか」

リタチスタさんは頷《うなず》き、食べかけのサンドイッチを袋に戻して立ち上がる。

カルデノは眉間《みけん》に皺《しわ》を寄せながら、同じくベッドから立ち上がった。

「ホノゴ山にあった魔力溜まり。リクフォニアの路地裏にあったバロウの魔力。君の持つ隠匿書。バロウがコソコソ調べてる転移魔法。君がいつぞやたとえで出した別の世界はあるかって話」

　スラスラと並べ立てられた言葉は、私から落ち着きを奪うものだった。そもそもどうしてリタチスタさんは今そんなことを口にしたのか。私は顔をうつむけてしまった。それから思い出す。

「リ、リタチスタさんは、私のことをまだ疑ってるんですね」

「疑う？　ああ、バロウと君がグルで、何か企んでるって？　確かホノゴ山からの帰りのことだったね」

「はい」

　リタチスタさんはあの時疑いは晴れないと言って、だから私を動揺させるのもバロウの情報を引き出すための一環だと、そう思った。

　けれどリタチスタさんは笑顔で否定した。

「大丈夫、もう疑ったりしてないから安心してほしい」

「え、何でですか？」

　私は顔を上げた。その疑いを晴らすために私は何もしていないのにもかかわらず。

「何でですかって……」

　少し悩む素振りを見せて、それからごまかすように目元の笑みが深まる。

「何でだろうね」

笑っていられるのはリタチスタさんだけ。私にとっては理由もなく疑いが晴れるだなんておかしい。

私が知らない内に何かを知られたのだろうか。

そうなら一体何を知られた？

「そうだねえ。私の考えは、君が自分で言った別の世界とやらから来たんじゃないかと、そう睨《にら》んでる」

「…………」

いや、いやいやいやいや、いや。睨んでる？　睨んでるって、憶測の域を出ないみたいなそんな言い方。

カマをかけてる？　本当は確証がある？　それとも本当に憶測の一つとして言っただけ？

分からない。リタチスタさんはまるで私の目が揺れる様子が楽しいとでも言いたげに、ただじっとこちらを見つめるが、その目に恐怖さえ感じる。

「私の今の言葉に対して二通りの返事ができたはずだね。そんなわけないじゃないですかという否定的なものか、はいそうですという肯定的な言葉。多分君は今、言葉を見つける余裕がないんだろう？」

どんどん、追い詰められている。リタチスタさんは私が別の世界から来たって、やっぱり気付いてるんだ。

「やめろ」

カルデノが私とリタチスタさんの間に立ちふさがり、私は少しだけ息を大きく吸った。

それでも言葉は遮れない。

「君の今の表情は、はいそうです。だったんだよ」

ギシ、とベッドが軋《きし》む音。どうやらリタチスタさんが立ち上がったらしい。

私はテーブルを見たままの状態から顔を上げられない。コツコツと控えめな足音が扉の前で止まる。

「何を怯《おび》えているのか、何を隠しているのか、教えてほしい。私が信用ならないのは分かるけどバロウのことだって信用してないみたいだから。そうだなあ、今日の昼食でも食べながら話そう」

扉が開く。それから廊下に出る足音。

「時間は短いが決めてくれ。私を気長と思わないようにね」

パタン。扉が閉まった。

次第に足音が遠ざかるのを聞いて、私は顔を覆った。

「どうしよう……」

リタチスタさんにとって、この話は朝食にサンドイッチを食べながら軽くするようなものだったのだろうか。

「カエデ……」

カルデノが私を心配そうに見下ろす。私は顔を覆っていた手を膝《ひざ》の上に下ろして、震える唇を開いた。

「リ、リタチスタさんはバロウをどうする気だろう。バロウに何かするようなら私は帰れなくなる？　じゃありタチスタさんに本当のことを言って、それでどうなるかな」

大体、今日の昼に話そうなんてそんな、あと数時間で決めろって？　何を話せばいいか分からない。

何を言って大丈夫なのか分からない。どこまで確信を持っていたのか分からない。

「リタチスタは話そうと言ったんだ。向こうは言いたいことを言って聞きたいことを聞いて来るはずだ。だからこちらも同じく聞きたいことを聞いて、それで判断するしかない」

「じゃあ、結局話し合いはしなくちゃいけないってことだよね」

「ああ、そうなる」

もしかしたら、リタチスタさんがバロウをどう思っているかで結果は変わるのではないかと思う。

考えたくはないが殺したいほど憎んでいるなどと言われれば、それはバロウが新たに魔法を作ることも、私が帰ることも出来なくなり、それは心底怖い。何度も何度も同じ考えが頭の中を回っている。

「とにかく、一度寝よう。こんな朝早く起こされて疲れただろう」

「……寝られないよ」

寝られない。脱力してテーブルに突っ伏す。カルデノが私の背中をポンポンと軽く叩《たた》く。

「なら寝なくていい、横になるんだ」

「うん……」

頭も体も重い。あれやこれやと色々考えながらベッドまで向かって体を横たえる。言われた通り、横になるだけで少しだけ頭が晴れた気がした。

「カルデノは寝る？」

「カエデと同じ、あまり寝られる気がしないな」

カルデノはベッドに腰掛けるだけで、中々横にならない。

「カルデノも横になろう」

「ああ」

それでようやく、カルデノも横になった。

天井を見上げる私の視界に、ふらふら飛び回るカスミが入り込む。

「どうしたの？」

ろうか。

「カスミも心配してるな」

私の顔はどうなっているだろう。真っ青だろうか、それとも今も不安に染まっているだろうか。

「なんでもない……、わけじゃないけど、カスミさっきのあの人のことどう思う？」

「うーん」

もう姿は見えないが、カスミは扉の方に目を向けた。

「すこし、こわい人」

「……私もそう思う」

私はやはり眠ることが出来なくて、カルデノも同じく眠らずお昼を迎えた。

とは言っても待ち合わせの方法は決めていなかった。こちらからバロウの家に赴くべきか、と部屋を出るためドアノブに触れた瞬間、私が力を込めるより先にひとりでに動き、一気に扉が開いた。

「⁉」

びくりと肩が跳ねる。

「やあ」

扉の前には、両腕を後ろに回したリタチスタさんがいた。

「ど、ど、どうも……」

「タイミングバッチリ。すごいだろ？」

恐らく見張っていたのだろう。リタチスタさんはこの話し合いを重要視していると考えて間違いない。

「さてどうする？」

「どうする、と言うのは……？」

恐る恐る問う。

「決まってる。どこで話をするかだよ。私としてはここの部屋がいいなあ。あまり外でする話じゃないと思うからさ。そのために君達の分の昼食まで用意して来てしまったんだなあ、これが」

背に隠していたらしい布の包みをこちらへ差し出してきた。

「え、あ、ありがとうございます」

せっかくだから、と宿から出ずに話をすることになった。

「じゃあ、二人はベッドに座ってもらえるかな」

リタチスタさんは部屋の小さな椅子とテーブルを引きずって二つあるベッドへ近づけるよう配置し直すと、そのまま包みをテーブルに置いて椅子に座った。私とカルデノがベッドに座ると位置関係が三角になるので、まあ話をするのに悪くはない。大人しく座ることにした。

「さて、じゃあ聞きたいことは三つ。一つ目は君はどこから来たか。二つ目はそれにバロウはどのように関係しているか。三つ目は君はバロウがしようとしていることをどの程度知っているか、だ」

「………」

いきなり、どれも答えられない質問。一瞬頭が真っ白になった。

「おいおい、答えられないのは肯定と受け取るから沈黙はやめてくれないかな」

それでも口を開けない私の気配を察してか、リタチスタさんは幾分か柔らかな表情を見せた。

「事情があって話せないなら、それはどんな理由か教えてくれないか？　単純に信頼関係からかばってるわけじゃないよね？　君が私に事情を話すことは君自身の不利益になるってこと？　それなら私だって君の不利益にならないよう協力するよ。巻き込んだりしないさ」

他人の頭の中が見えない限り、言葉が真実かどうかなど分からない。見た目は優しげな今のリタチスタさんだってそう。

けど三つの質問の内容が断定的だったことからして、私が別の世界から来たことも、それにバロウが関係してることも、バロウが何かをしようと考えているのも、知ってるんだろう。

「なら、私から少し話すよ」

このままでは時間だけが過ぎると判断したのだろうか、リタチスタさんはテーブルに両肘《ひじ》をついて指を組んだ。

「とりあえず、君が別の世界、とやらから来たのは知ってる」

「え⁉」

思わず声を上げるとリタチスタさんが満足そうに笑う。

「よしよし、どうやらこれは本当みたいだね」

「え、あ、その……」

私の声が聞こえていないかのように言葉が続く。

「多分バロウが幼い頃から熱心に調べていた魔法、きっとその異世界こそが目的だったんだろうね。しかしバロウがいかにして君がいた異世界について知ったのか、またどうやってこの世界とつながりを持たせたのかは分からないんだけど、恐らくカエデはその転移魔法の類をバロウに頼るしかない。だから信頼しているでもないし具体的にどうなるかも分からないまま、バロウのことを軽率に話すわけにはいかないんじゃないか？」

スラスラとまるで台詞を読み上げるように言葉に詰まることも迷うこともなく、虫食いだったはずの解答欄が埋まっていくのに似た感覚。

そこまで予想出来ていながら私と何を話そうとしていたのだろう。そもそも本当に話す気なんてあったんだろうか。

「確認を、したかっただけですか?」

もう隠すだの、とぼけるだのの次元の話ではない。話し合いの体《てい》でありながらリタチスタさんにとって答え合わせでしかないなら認める他ない。

「……確認? うん、そうだね。それもある」

リタチスタさんは私の悪い顔色を見ても普段と変わらず、むしろただのランチのように寛いでいる。

「なんで私がバロウにこんな執拗《しつよう》になるかは分かるね?」

「ええと、アルベルムさんとの約束を守らなかったから、ですか?」

「そう。しかも覚えてもいなかったとは衝撃だった。腹立たしいだろう?」

そこで初めて眉間《みけん》にごまかしのきかない皺《しわ》が寄り、リタチスタさんは怒っているんだと知った。

「だからバロウの転移魔法の全てを邪魔してやるんだ。幼い頃先生に弟子入りしてから遊ぶこともなく、脇目も振らず、寝る間も惜しんで、先生との約束も忘れて、何よりも優先して必死に何十年もかけてきただろうあいつの全てを台無しにしてやる。あいつが今までの人生全てをつぎ込んだものを全て無駄にしてやるんだ。あいつの人生を無駄にしてやるんだ。そう決めた。決めたからには情報が必要で、その情報源が君だ」

テーブルの上で少し身を乗り出して、リタチスタさんとの距離が若干近付く。

「まずは君の求める条件だけを言ってもいい。情報も小出しでいい。君の求めるものは手に出来るよう協力する。だからバロウの思惑を阻止する私に協力してほしいんだ。頼む」

私の求めるものは、元の世界に帰ることだ。そのために必要な魔法はバロウ以外にも作れるのだろうか。無理なら、今まで通り信頼していようとしていまいと、バロウが魔法を完成させるまで待つしかない。

「私、元の世界に戻るためにバロウの魔法の完成を、待っているんです」

私の求めるものから話し始めてもいいと、リタチスタさんは言ってくれた。リタチスタさんは私が別の世界から来たのだと知っているし、もしかしたら私の求めているものだって気付いているかもしれないけれど、しっかり言葉にした。

「そのための魔法がバロウにしか作れないって思ってて、だからリタチスタさんがバロウの邪魔をして、そしたら私は帰れなくなるんじゃないかと不安なんです」

途端に、申し訳なさそうに悲しそうな表情を見せたリタチスタさんは深く椅子に座り直した。

「……うん。そうか、そうだったんだね……」

何かを懐かしむようにゆっくり目が伏せられる。どこか遠くに思いを馳せているような寂しげにも思えた目が、スッと私へ向けられ、そのまま目が合う。

「帰れないのは寂しいよね、私にも分かるよ」

自分にもそんな経験があったと語るような、私を慰めるような、慈愛の込められた声。

だからつい聞いてしまった。

「帰りたい場所があるんですか？」

聞いてから何て質問をしてしまったんだ、と後悔して、取り消そうとするより先にリタチスタさんは答えた。

「うん。先生のいた時間にね」

時間は巻き戻せない。過去には行きたいと思って行けるものではない。リタチスタさんの求める場所は、もう二度と戻ることも行くことも出来ずただ懐かしむだけ。

それほどまで大切にしていた過去。でもバロウはその大切な時間の中にいたアルベルムさんとの約束をまるで忘れていた。果たすつもりがない約束をただその場を穏便に乗り切るための道具として消費した。

そう考えると、少しだけリタチスタさんの怒りが理解出来た。

リタチスタさんはアルベルムさんをとても尊敬しているようだし、長年お世話になってきっと恩もあるだろう。私には想像も及ばないほど大きく大切な存在のはずだ。

「けどカエデの帰る場所がまだあるなら、私はやっぱりキチンと君を送るよ。君の望みを叶えるよ。こんな口約束なんて信用出来ないのは百も承知だけど、協力してくれないか。この通り」

座っていた椅子から立ち上がったリタチスタさんは、膝《ひざ》の裏で椅子を押しながら私に頭を下げた。

帽子の広いツバが表情を隠してしまっても腿《もも》の横でギュッと握られた拳から必死な気持ちを感じられた。バロウが泣いてまで見せた姿からは感じなかった深い感情が胸に突き刺さってくる。

「あの、……頭なんて下げてもらわなくても大丈夫です。申し訳ない気持ちになりますし、多分協力なんて少ししか出来ないだろうし。だからもう一度、座って話しませんか」

今の心境と状況でリタチスタさんを信用するのは勇気が必要だ。でも信じて、話をしてみようと思った。

顔を上げたリタチスタさんは思いのほか真剣な表情で、小さく頷《うなず》いて椅子に座ってくれた。

「ええと、どう話せばいいか分からないんですけど、でも一番最初に確認したいのは、私が帰るための魔法はバロウ以外にも、リタチスタさんにも作れるかどうかです」

「諸々条件が絡んでくるから一言で作れるとは簡単に言えない。より正確に答えるなら、作れる可能性がある、だね」

可能性？　と聞き返す。リタチスタさんはコクリと頷いた。

「魔法は必ず、紙だろうが地面だろうが壁だろうが埋め込みだろうが、陣を書き起こす必要があるから破棄されない限り必ずどこかに残ってるんだ。私は異世界があるとは考えたこともなかった。世界を渡る魔法は当然作れない。でもバロウは異世界があると知っていたから作った。また異世界に渡るための魔法を作る段階で、どのようにして異世界へ点となる陣を設置したかの疑問もある」

点には聞き覚えがあったが、改めてリタチスタさんが軽く説明してくれた。

転移魔法は点と点を移動するように使うものなので、その場の思い付きで好きな場所へは移動出来ないわけだから、転移魔法を使いたいならまずは誰かが苦労して生身で移動して、目的地に点となる陣を設置しなければならない。便利の裏には必ず苦労が存在するもの。

けれどそもそも転移魔法を使って初めて行くことの出来る異世界にあらかじめ陣を設置するなど不可能な話で、そこをバロウがどのように解決したのかを解き明かさなければ、私を元の世界に戻す魔法を作ることが出来ないのだという。

「まあカエデがこの世界にいるってことは、バロウの魔法はすでに一度作って試したからなわけで、陣の設置は済んでいるってことだから転移魔法の陣の場所の特定さえ出来れば君を元の世界へ帰すことが可能だろうと思う」

「そうですか……」

口にするのは簡単だが、リタチスタさんの話す内容には少し気になる部分があった。

「何か気になるかな？」

見透かされたようで、私は頷《うなず》いた。

「その、確かバロウは入れ替わりを起こすんだとか、どうとか言っていたんです」

「入れ替わり？」

「はい。別の世界にいた私と、この世界にいた自分を入れ替えるような仕組みだったみたいで」

私がいた場所にバロウが、バロウがいた場所に私が、と成功していたら綺麗に位置が逆転していたんだろう。

「お互いの魔力で引っ張り合うようにするはずだったとか言ってたな。だがカエデに魔力がないことを忘れていたんで失敗したんだと言っていた」

説明の補足をするようにカルデノが付け足してくれる。その説明に間違いがないと私は頷く。

「それも点が関係あるんでしょうか」

私の言葉を聞いた途端、リタチスタさんは眉間《みけん》に皺《しわ》を寄せて何かに納得出来ないような表情であごに手を当てた。

「それ、もう少し詳しく聞いてないか？」

「いえ、魔法に詳しくないから説明しても理解出来ないだろうってそこまで詳しくは聞かされてないんです。でも、そうした方が魔力の消費が少なくて済むらしくて、三度目でようやく私だけがこちらに来るところまで作れたとかなんとか」

三度、とリタチスタさんは呟《つぶや》き、考えるように目が閉じる。そのまま一分、二分と待ってみたものの身じろぎすらしないので、待ちきれなくて聞いてみる。

「あの、何か引っかかることとかありました？」

「うーん……」

うなるような声の後、パチリと閉じていた目が開かれた。

「もしかして、バロウはカエデがこの世界に来たと認識してなかったんじゃないかな」

「え？　はい。そうでした」

言ってから、バロウが私を知らないと言ったあの時の衝撃を思い出し、心の中がズンと重くなる。

とは言えリタチスタさんが私の心情を知るわけもないため、私の話した内容を交えて続きを話し出す。

「バロウは君がこの世界に来ていたことに気が付いていなかった……。三度目か。つまりその辺の感知が出来てなかった……？」

私に言い聞かせるようでいて自分の中で情報を整理しているようにも見えて、思考に忙しいかとも思ったが、もう一つ伝えておく。

「私がいた元の世界に一緒に行けるように新しく魔法を作り直すけど、沢山魔力も蓄える必要があるから時間がかかるのは理解してくれみたいなことも言われてます」

魔法のことは本当に分からなくて、申し訳なくて謝る。リタチスタさんはその必要はないと言ってくれた。

「しかし、情報は小出しでも構わないと言ったのに、聞けば聞くだけ全て話してしまうんだね」

まるで小さな子供を甘く叱るような表情。それはそうだと私は苦笑いした。

「何を言って平気で、何に気をつけて話したらいいのかも分からなくて」

「うん。苦手そうな顔をしてるよね」

苦手そう、ではない、しっかり苦手だ。

だからこそ一度言葉に詰まったり考えがまとまらないと何も言えなくなるし、そもそもこの話も聞かれたことに答えないと進まない気がしてならなかった。

「だから苦手ついでに、私がバロウから聞いたことを伝えておきます」

聞かれたことに答えるのは楽だ。自分で伝えるべき情報なのか否かを考える必要はないから。それでもこれだけは、と思うこと。

「リタチスタさんが信じられるかは分からないんですけど、バロウは私がいた世界で生きた前世があるんだって言ってました」

言った途端、ポカンと間の抜けた顔で数秒、固まった。

気持ちは分かる。前世がどうこうなんて言われてすぐに飲み込めるほど小さなものじゃない。

ただ、リタチスタさんはそれから大きく一呼吸置いて口を開いた。

「なるほど、……前世ね。つまり前世の記憶を持ってこの世界に生まれたから、カエデの世界を知っていたからこそ異世界間の転移魔法を作ったと。うん、不思議じゃない」

さすが昔からバロウのことを知っているだけあってなのか、信じられないだの、ふざけているだのと言わなかった。

だからバロウから聞いた全てを、リタチスタさんに渡す。前世、その世界へ帰りたがっていることや、家族の記憶、全て。

「バロウがそんな過去を持ってたとは……。なら記憶かもしれないね」

そう呟《つぶや》くように言った記憶が何を指すのかは分からない。バロウが前世の記憶を手放さず生まれたことにリタチスタさんは関心を持ったようではあるが。

「ホノゴ山に残っていた、あの覚え書きを覚えてるかい？」

「リタチスタさんが熱心に読んでた覚え書きのことですよね？」

断片的で不確かながらも、それまでの転移魔法と違い好きな場所に好きなように移動することを目的としているような魔法、と言っていただろうか。

リタチスタさんはそうだ、と言った。

「それと、記憶を組み合わせるなんてことは出来ないだろうかと今考えてみた。記憶は豊富な情報だろう？」

「は、はあ……。確かに情報ですよね」

ピンと来たようにカルデノが口を開いた。

「前世の記憶を頼りに、点を設置せずともその場所へ行けるか？　この世界じゃなくても記憶にさえ異世界の情報があれば渡れるってことはあるのか？」

「おお、魔法に詳しくない割に察しがいいね。それが言いたかった」

パチンと指を鳴らしてカルデノを指差す。

説明の手間がカルデノで省けたのか、リタチスタさんは満足そうにしているものの、私自身は認識に不安があったため進みそうだった話を一度止める。

「ええと、すみません、記憶で見た場所に行けるから、前世の見覚えのある場所にも行けるって、いうことで合ってますか？」

「そう。だからバロウにとって、成功出来ればこれほど嬉しい魔法もないよね。これをこの世界で悪用目的でないってのがなんとも……」

ただ、とリタチスタさんは少し声をひそめて続ける。

「この魔法が日の目を見ることはないだろうけどね」

先ほどの高いテンションと打って変わって静かになり、まるで人が変わったようだ。

「気になるのがバロウに残ってる記憶の量だ」

バロウの記憶。生まれ変わって前世のものなんて一目も見られないのに今までよく覚えている方だと思っていたがリタチスタさんに言わせるとそうではないらしい。

「だってバロウの前世の記憶って、もう三十年以上も前ってことになるんだから、そりゃあ忘れていることだって多かろうさ」

「それでも家族の話や恋人の話なんかはしていましたよ」

けれどこれは場所の情報というよりも人物、とりわけ自分のごく身近なものだ。

私はバロウからどこに住んでいたかなどは聞いていない。忘れているのかただ話題にならなかっただけかは定かでない。

「転移魔法にはね、それなりに情報が必要になるんだ。それが点といった陣に集約されてる。カエデちゃんの家の隣には何があったか思い出せるかな？　出来るだけ細かく言ってみてくれるかい」

それに何の意味があるのか気になったが、それでも記憶の中で自分の家を外から正面に見つめ、そのすぐ横に目を向ける。

「ちょっと仲の良いお隣さんの家がありました」

思い出すために、用があるわけでもなく天井を見上げる。

隣の家は青い屋根、クリーム色の外壁と車庫、小さい花壇、大きな窓には白いカーテン。と次々に思い出すことが出来た。ほとんど毎日見ていたもので、まるで写真のごとく細かに覚えている。

「ほら、その記憶の量がバロウにもあるかどうかだよ」

家族の記憶があったとして、大切な思い出があったとして、それが通常の転移魔法のように、点の代わりになるほどの情報量として、位置の情報として成り立っているかどうかが問題だと言う。

印象に残る建物だったり看板、友達と一緒に遊んだ空き地だとか公園、そういったものばかり覚えていて、記憶なんてすぐ穴だらけになってインクが滲《にじ》む頼りない地図みたいなもので、けれど転移魔法には欠点の少ないその地図が欠かせない。明確にここ、と示せる根拠となる情報を陣に書き込まなければならない。

「バロウの大切な記憶だろうが、両親や恋人を覚えていたとしても転移魔法じゃあ何の役にも立たない」

そうリタチスタさんは言った。ただ淡々と。

もしそうだとすると、バロウが転移魔法を三度も失敗しているのは記憶が薄れすぎて情報として成り立たなくなっているから？　それにバロウは気付いていない？

それともただ単純に転移魔法がバロウの目的とする形にまだ成り切れていないだけだろうか。

「バロウは、薄れていない記憶を持った人間が必要だったんだと思わない？」

一瞬、理解が出来なかった。

「え、と……」

それでも理解しないわけにいかない。

「自分の記憶の情報量が足りないのを分かっていて、最初から誰か前世の世界の人間を呼ぶつもりだったって、言いたいんですか？」

「そう。記憶は抜き取ることが可能だからね」

「ぬっ、抜き取る⁉」

思わず大きな声が出て、信じられないことを告げられたこともあり開いた口に手を当てた。

「記憶って、だって、それは自分だけが持っているものですよ？　手で掴《つか》むとか移し変えるとか出来るものじゃないでしょう？」

そう思うのが普通だろうが、小さく首を横に振りながらリタチスタさんは私の言葉を否定した。

「出来るんだよねえ、これが。あまり見かけないかもしれないけど、それでも身近なところだとギルドの顔写真とかだろう。知ってるかい」

「顔写真……」

　そうだ、私には顔写真に関して戸惑った覚えがある。ちょうどリタチスタさんが言ったようにギルドで撮られた覚えのない写真。

「知ってます。私もギルドカードを作った経験があるので。でも、それがどうして抜き取るのが可能ってことにつながるんですか？」

「なら話は早いね。あれは君のギルドカードを作った者が君の顔を見たときの記憶を出力して作ったものなんだ。大きな施設で作る顔の写真はそんなものだ」

　記憶は出力出来る。つまり他人に自分の記憶を見せて共有することが可能だという。

　たとえ話に持ち出されたのは写真としての出力であっただけで、自分しか持ち得ないはずの記憶というものが盗まれたりするんだろうか。

　けれどこれを疑問に思ったのがカルデノだった。

「それは話がおかしいな。リタチスタ、お前の言い方だとバロウの記憶の情報量が足りていたからこそ異世界と転移魔法でつなぐことが出来たってことだろう。ならそのまま世界を渡ることは可能じゃないのか？　なぜカエデが必要になる」

「そう言われると難しいなあ」

　本当に困ったように眉間《みけん》に皺《しわ》を寄せる。

「説明が難しいけど、それは情報量の差としか言えない」

眉間を指先で叩いて、まるで頭から何か転がし出そうとしているようだ。

「バロウの情報不足な記憶ではせいぜいが世界同士につながりを持たせられる程度。転移魔法に限らず、行き先が不明瞭なのは問題でね、郵便屋に街の名前だけ伝えたって個人宅に行き着けないだろう。加えて転移魔法で行き先の情報がないなんて命に関わる」

郵便屋なら街に着いてから色々と探し回ることも出来るだろうが転移魔法はそんな曖昧《あいまい》なことが出来ない。

「とにかく難しい話を抜きにすると、バロウに残ってる記憶だけじゃ元の世界に戻るには至らないってことですよね」

「と、私は考えてる。転移魔法で目的地がハッキリしないなんて体がどうなるか分からないし相当危険だ」

その危険を分からないバロウじゃない。だからこそ、最初から私の記憶が目当てだったんじゃないかとリタチスタさんは推察した。

「………………」

なら、バロウが今まで言っていた言葉は、どこまでが本当だったんだろう。すべて嘘《うそ》だったんだろうか。

家族のことを思い出して泣いていたようだったのに、今の自分が受け入れられなくて取り乱していたようだったのに。一緒に帰れる手段を取ると言ったのに。

「何か気にかかってる？」

「いえ、特には……」

気にかかっていると言うならそうだが、だからって問題があるんじゃない。リタチスタさんが必ず私を元の世界に戻してくれるなら、バロウが世界を渡れなくたって知らない。知るもんか。

「じゃあ、今日の話し合いはこんなものでいいかな」

私は今後出来る限りリタチスタさんに協力する。リタチスタさんは私を元の世界に帰れるよう努める。

リタチスタさんの目的はバロウの転移魔法実行の阻止で、私の目的は元の世界に戻ること。

再確認され、私は頷《うなず》いた。

私が元の世界に戻ることは自分の中で今一番大切な目標で、見返りとして釣り合うのがバロウの情報。私が話した内容など微々たるものだろうが、リタチスタさんにとっての価値は違う。

「私にとって、これ以上ないほど有益な話だった。ありがとう、カエデ」

「いえ、こちらこそ……」

リタチスタさんは立ち上がって部屋を出るためこちらへ背を向けた。これで本当に良かったんだろうかと、私はまだ意思が揺らいでいる。

部屋を去ったリタチスタさんは、結局一緒に食べようと言っていた昼食を包みから出すこともなかった。

第二章　陣

それから数日ほどバロウにもリタチスタさんにも会う機会はなかった。

毎日毎日ただ魔法の完成はまだかとだけ聞きに訪ねるのはしつこいし、それにリタチスタさんがバロウの作る予定でいた魔法を代わりに作るならそもそも、リタチスタさんがバロウの家で転移魔法の陣を見つけるまで待つしかない。自分のことなのに何も出来ない。

どうしたらいいだろうと、出かける先もなくてぼーっとベッドに寝そべって空を窓越しに見ていたお昼過ぎ。ガジルさんが気まぐれに私達が借りている宿の部屋へ会いに訪ねて来た。

「よう、元気か」

カルデノが扉を開けるとガジルさんは明るい様子で片手を小さく挙げて軽く挨拶《あいさつ》した。

「ああ」

カルデノが答えた。

「今日はどうしたんだ？」

「この間のことなんだけどな、途中で帰って最後まで聞かなかったろ。本当に気にしてねえからな」

「は？」

ガジルさんはまるで、これを言えば話が通じて当然とばかりに話し始め、私とカルデノはお互い目を合わせた。

「……何のことを言ってる？」

「何のことって、この間カルデノ一人で俺を訪ねて来ただろ。その時の話だ」

「え……」

カルデノはずっと私と一緒にいた。四六時中とまで言わないがそれでも離れたのは長くて一時間程度のものだった。その短時間でガジルさんを訪ねられないし、そもそも隣でカルデノが顔をしかめている。

「え、って、えってなんだよ？」

「とりあえず、中に入りませんか」

「え、ああ。……そうさせてもらうか」

どうやらガジルさん自身も、自分が口にした話題のせいで様子がおかしいと気付いたようで、気まずさをたたえた表情でおずおず中へ足を踏み入れた。

部屋に二脚ある内の一つを使うようすすめ、もう一脚はカルデノに座ってもらい私はベッドに腰掛ける。

二人とは輪の外れた位置関係になってしまうが話が聞こえないわけではない。

「それで、改めて話を聞きたい」

カルデノが口を開いた。

「あ、ああ。カルデノがこの間俺の所に来た、だろ……？　来たよな？」

「いや」

来たと言ってくれと懇願するような声色だった。けれどカルデノはバサリとそれを切り捨てるように即答した。

「嘘《うそ》だろ、じゃあああれ、誰だったんだよ」

気味が悪い。ガジルさんが誰かをカルデノと勘違いしたのか。誰かが意図してカルデノに化けガジルさんに近づいたとするなら何が目的なのか。

「私はカエデを一人にしたりは基本的にしない。だから私が一人でお前の所に行ったりもしない。その時一体、何の話をしたんだ？」

「あ、ああ……」

ガジルさんはカルデノが来たという時の詳細を語ってくれた。

「ええと、何日くらい前だったろうな……。カルデノが一人で来て、その、だな……」

なぜか言葉を渋り出し、カルデノが眉間《みけん》に皺《しわ》を寄せる。

「何を話した。言いづらいことならなおさら、その偽者が何を耳に入れたか私達は知っておく必要があるだろう」

「言いづらいっつーか……」

少し言いよどみ、それでも一度咳払いしてからハッキリと口を開く。

「カエデが別の世界から来たって話、感づいてるだろって確認されたんだ」

「あ」

思わず漏れた声だった。カルデノもハッとしたようにして私達は二人でガジルさんを食い入るように見た。

「な、なんだよ急に。……俺だって空気を読んで今まで何も言わずにいたんだぜ。だから目の前で俺のことを忘れたみたいにベラベラわけの分からねえことを話されても深く追及せずいたんだ」

これは本当に口にして良かったのか？　そう語る表情は顔色まで悪く見える。

「おい、俺が触れていい内容なのか？　後から何も言わないだろうな？」

「そ、それは大丈夫です……」

全てにおいてこちらのせいなのだから、むしろガジルさんにとってわけの分からないことを聞かされて、変な顔もせず友好的に接してくれたのには感謝しかない。

今まで気になっていただろうに事情も詮索《せんさく》せずにいてくれた気遣いがありがたくて申し訳なくて、後悔の気持ちはあるが、責めるつもりはない。

ガジルさんが言っているのは初めてバロウの家を訪ねた時のことだろうか。あの時は私が取り乱していたとはいえ、失礼だがガジルさんのことを忘れかけていた。……いや言い直そう、忘れていた。

とにかく目の前のバロウという存在に意識が全て向いていたのだ。

「とにかく、カルデノが俺の所に一人で聞きに来たってのはその、違うんだな？」

「ああ、私じゃない。となるとまた私に化けた誰かがいたってことになる」

「じゃあ、あの人かな？　ほらカルデノがタンテラに捕まった時カルデノのフリをして私と少し行動した」

「いや、違うだろ」

真っ先に否定したのはガジルさんだった。

「外で異世界だか何だかの話はしてないだろ？」

問われて私はうなずいた。

「それにしても異世界ってなんだよ……」

眉間《みけん》に皺《しわ》を寄せる。

「私からは、あるとしか言えないですけど」

信じられないのが普通だ。混乱するのも無理はないからこれ以上はもう苦笑いするしかない。

「それはひとまず置いといてですね、あの人がカルデノに化けたんじゃない根拠が聞きたくて」

「お、そうだったな、悪い」

ゴホンと咳払いをきっかけに気を取り直す。

「あいつはカルデノに化けただけであって、カルデノが置かれてる状況だったりカエデについて詳しいわけじゃないと思うんだよなあ。だって毎日のように俺んちの近所で見かけるんだぜ。あの様子であんた達の周りをウロチョロしてるとは考えづらい」

時間と行動範囲からして確かにそれは不可能だろう。とするとカルデノのフリをしてガジルさんを訪ねたのは誰か。

「うーん……」

私がこの世界の住人でないと確実に知っていてなおかつ身近な人物はバロウ、リタチスタさん、ガジルさん、カルデノ、カスミの五人。さらに見た目を他人に成りすますため魔法が使えることが前提なので、バロウかリタチスタさん。

「思い当たるのが、リタチスタさんしかいない気がする」

「私もだ」

バロウがカルデノに成りすます理由が今のところ思いつかないのに対し、リタチスタさんにはその可能性がある。

「ガジルと話して色々と聞き出そうとして、カエデが異世界から来たと確信めいて話し合いに乗り出したんじゃないか？」

「私も、そうじゃないかなーって」

そうとしか思えない。

「リタチスタさんも必死だったみたいだし」

私とカルデノの間では共通の知人だが、ガジルさんはリタチスタさんの名前を聞いて首を傾げる。

「今の話に出てきたリタチスタってのは、誰だ？」

「私達の知り合いの女性です。バロウと一緒に魔法を学んでいたらしくて、それでバロウに会うためにギニシアからカフカへ来たみたいですよ」

「へえ。けど勝手にカルデノに化けてまで情報を盗み出すような奴だろ？　危険じゃないのか？」

そう問われると、とリタチスタさんの顔をぼんやり思い出すが、笑った顔も真剣な表情も強く印象に残っていてどっちつかず。

だから適当な人とは思わないし、でも真面目とも言いがたい。ただ、危険かと問われるとそれは肯定しかねる。そんな人だ。

「危険とかはないと思います」

「完全な信用はまだ出来ないが」

「どっちだよ……。まあとにかく危険じゃねえけど信用出来ない奴なんだな」

腰掛けた椅子の背もたれにダランと片腕をかけ、脱力しながら続ける。

「聞く限りだと、ただただ怪しいなあ」

「ま、まあそう言わず……」

言葉の途中で、コンコンと扉をノックする音がして私達三人の目がそちらへ向いた。そして了承の言葉もない内に扉が開いた。

「やあ、お邪魔するよ」

なぜか半開きの扉の隙間からヒョコリと覗《のぞ》くように顔だけを出して見せたのはニコリと笑顔のリタチスタさんだった。

「え、あっリタチスタさん？」

私は立ち上がってリタチスタさんの方へ歩み寄る。

ガジルさんは今しがた聞いたばかりの名前だったためだろう、リタチスタさんの顔をジッと、目に焼きつきそうな程凝視していた。

「やあ、私の噂《うわさ》話が聞こえたような気がしてね、来ちゃった」

タイミングは絶妙で、会話が聞こえたから来ちゃったなんて可愛らしいものではない地獄耳だ。

まあ聞こえるはずもないので、単純に私達に用があってたまたま訪ねて来ただけだろう。

リタチスタさんはガジルさんと目が合うと、やや困ったように眉をしかめる。

「来客中だったみたいで申し訳ないね」

「いえ……」

せっかく足を運んでくれたのに、また時間か日を改めることになるのだろうと思っていた。しかし半開きの扉を勢いよく開けて中へ入ってくると、遠慮なく私が座っていたベッドに腰掛けた。

「けどお邪魔するよ」

「え、あ、……はい」

駄目ですなどと言えるわけもないし、けれど部屋の空気は気まずさで満たされていた。

とりあえず、と私ももう一方のベッドに静かに腰掛ける。

ガジルさんは相変わらずリタチスタさんを凝視していて、それに答えるようにリタチスタさんは口を開く。

「元気にしてたかい？」

初対面だろうになぜそんなことを、と一瞬思ったが、カルデノに化けてガジルさんを訪ねたのはリタチスタさんではないかと先ほどまで憶測で会話していたのを思い出し、ガジルさんが何と返すかをそっと見守る。

「……カルデノに化けて俺に色々聞いてきたの、あんたか？」

「そう。よく分かったね？」

やはりリタチスタさんだった。あんなに悩んで話していたのが無駄になるほどあっさりと認め、弁解もないようだった。

「それで今日君達を訪ねて来た用件なんだけれど……」

「おい待て待て」

鋭く睨《にら》みつけるガジルさんの視線などないもののように話を切り出したリタチスタさんに待ったをかける。対するリタチスタさんは言葉を遮られて不服そうに口をへの字に曲げた。

「なんだい？」

「なんだいじゃないだろ。なんでカルデノに化けたんだよ」

「必要だったからさ。君と話した会話の内容全てがあの時の私には必要だった。でもこの通り君と面識はない。知らない女が君に何を聞いたって話すはずないから、カルデノの姿を借りたまでさ」

ごく当然のように語ったがガジルさんはだまされたには違いないので、納得出来ないように目を細め唇を少し突き出した顔でムスッとしたまま表情が動かない。

「なら、あんたはどうやってカエデが別の世界から来たって話、知ったんだよ。カエデが別の世界から来たっての、俺からあんたに言ったわけじゃなかっただろ」

「うーん」

リタチスタさんは確かにどのように私の事情を知ったか、その辺のことは詳しく話してくれていなかった。

以前の話しぶりからして、バロウの周辺を探っていて事実に自力でたどり着いたものと思い込んでいた。でもリタチスタさんが自分で言ったようにガジルさんとリタチスタさんに面識はない。どうしてリタチスタさんはガジルさんを知ったのか。

「それは言えないなあ」

「なんで言えないんだ？」

これと言って表情に変わりのないリタチスタさんにガジルさんが問う。

どんなに聞いたってリタチスタさん自身に話す気がなければ、責め立てたって懇願したって口を割ってくれないだろうが、気まぐれに口からこぼしたりはしないだろうか。

そう期待して、何やら面白そうに口をゆがめているリタチスタさんに目を向ける。

「言えない理由も言えない」

どうやらリタチスタさんは次々変わるガジルさんの表情を面白がっているらしい。

カチンと来ているのが一目で分かる眉の吊り上がったガジルさんを見て喉の奥でクク、

と小さく笑う。

初対面がこれではガジルさんのリタチスタさんに対する印象は良くなさそうだ。

「いや悪い悪い。けど言えないものは言えないから許しておくれ。魔法は時に秘匿《ひとく》の義務があるんだよ。それよりもっと楽しい話をしよう」

「いや秘匿とか言われてもあんたな……」

「楽しい話っていうのはバロウがどこかに隠しているはずの転移魔法の陣の所在についてだ」

これ以上ガジルさんに口を挟ませないためか、言葉を遮って早口で一息に言ってのけた。

そして、リタチスタさんがどうしてガジルさんを知ったかよりもずっと大切なことに思えた。

「わ、分かったんですか？」

思わず前のめりになる。まだ何か言いたそうだったガジルさんは私の様子を目に留めると、今にも言葉が出そうだった口を閉じた。きっと疑問よりも私の興味を優先してくれたんだろう。

「いや、ここにある、と確定したわけではないんだ。けれどひょっとしてバロウの家にはないんじゃないかって可能性も出てきた」

なぜそう推測したのかを問うと、リタチスタさんはベッドから見える窓をスッと指差した。

「窓が、なにか?」

「それなら多分、ティクの森かなってね」

指差されていたのは窓ではなく、そのずっと向こう側に生い茂るティクの森だった。指差していた腕が下りる。

「バロウは夜、起きてる人を探す方が難しいってくらいの時間になると外に出てるようなんだ」

それも連日ね、と小さい声で付け加えられる。

「そんな時間に外へ出てどこへ行くのかと思って尾行しようともしたんだけれど、どうにも感づかれそうでね」

「なんだよ、尾行へたくそか?」

あおるようにガジルさんが言うとリタチスタさんはハハと軽く笑った。

「自分ではそう思わないけど、私が今いるのはバロウの家なんだ。家を出るのも入るのもバロウには簡単に感知されてしまうんだ」

扉の開く音が聞こえてしまうとかでなく、感知という言葉から、どこか機械的な仕組みに思える。

首を傾げる傍らでガジルさんは、ふうんと少し考える。

「そういう魔法が使われてるってことか？」

「理解が早いね」

リタチスタさんは機嫌良く答える。

「だからちょうどいい。尾行がへーったくそな私に代わって、バロウの行き先を突き止めてくれないかな？　君達がさ」

ガジルさんがあおり半分で口にした言葉をこれでもかと強調し、私、カルデノ、そしてガジルさんと流れるように目を向けた。

「私達が？」

カルデノが言うと、当然じゃないか、とリタチスタさんは大げさにため息を吐いてみせた。

「だってバロウが出歩くのは夜だし、その夜だって私がバロウの家にいないならきっと出歩くことはしないだろう、だってそもそもバロウだって、私がバロウが出歩くのを怪しんでることに気付いてる」

バロウは確実にリタチスタさんを警戒していて、それは夜な夜な出かけているところを少なくともリタチスタさんに見られたくないから。

バロウはリタチスタさんがその目的を知りたがっていることも気付いているから、家に感知の魔法を仕掛けている。

もしリタチスタさんが夜まで外で待機していれば、バロウが出歩く場面で追跡できるかと言えばそうならない。なぜならその場合バロウにとってリタチスタさんの居場所が不明瞭で危険であるから。

それが、リタチスタさんが私達に尾行を頼んできた理由だった。

「出来れば今夜にでも、バロウがどこへ行ってるかを突き止めてほしいんだ」

出来ることがなくてもどかしく思っていたところにこの頼み。もちろん二つ返事で受けた。

「早い方がいいんですか？」

「そうだね」

リタチスタさんは頷《うなず》いた。

「何をしているかは分からないが、何かしているのは確かだろうからな。それがコソコソしてるとなれば、やましいことではあるだろうな」

カルデノが口にしたことはリタチスタさんの考えと一致していたらしく、うんうんとリタチスタさんは数回頷いた。

「私がここへ来る前からなのか、それとも私が来てからなのかは不明だけれど……」

「夜な夜な出歩いてるんなら、結構前からなんじゃねえか？」

　ガジルさんがリタチスタさんの言葉を遮った。

「ほら、俺があいつを見張ってて、夜にあいつ逃げたぞってここに呼びに来たことあっただろ」

「ああ、あったな」

「ありましたね」

　あれは、バロウと初めて会った日だったろうか。ガジルさんが慌てて知らせに来た時は驚いたものだ。

「あの時は逃げ出したもんだと思ったけど、実はあの時から夜にどっか行って準備か何かするのが日課みたいになってたんなら、まあそりゃあ早く何をしてんのか突き止めた方がいいよな」

「準備……」

　私は唇を少しかむ。

　まさか姿をくらます準備じゃなかろうか、と嫌な想像をしてしまった。もしもこのままバロウが姿を消せば、振り出しに戻るどころじゃない、マイナスからのスタートになってしまう。

「まだそうと決まったわけじゃない」

　リタチスタさんはベッドから立ち上がる。

「けど、私が来てから焦ってるはずなんだよねえ」

「……？　何かそう思う理由があったんですか？」

口元に手を添えながら独り言のような声量。けれど聞こえたからには気になった。

「ああ、そう。バロウの家から出られないなら、思う存分家の中を探ってやろうと思って、私も毎晩バロウが出かけた後、色々探ってたんだ。けど昨日の夜、いつもは鍵がかかってたバロウの書斎に、鍵をかけ忘れてたんだ。施錠の音がしなかった」

「鍵のかけ忘れ？」

それだけ？　と首を傾げたが、リタチスタさんは分かってないなあ、とやや斜め上を向いて少し得意そうに口の端を吊り上げて笑う。

「それを忘れたってことは、鍵をかけてまで隠さなきゃいけない物が頭から抜け落ちて、行動を起こす余裕がなくなってるってことだろう？」

その書斎の扉の鍵穴にはあまり傷などなく、自分がバロウの家に来てから施錠し始めたのだろうとの推測に、私は感心する他なかった。

「へえ、随分と家の中の調査してるんだな」

ガジルさんも私と同じく感心したようで、目を大きくしていた。

「書斎の中には入ったんですか？」

リタチスタさんは首を横に振った。

「入ってない。無遠慮にかき回すことも考えたけれど、それを口実に出て行けなんて言われかねないし」

　本人も書斎の中に何があるのかは気になっているようだ。

「とにかく、今夜だ。バロウは今夜も必ずどこかへ行くはずだ。それを突き止めてくれることを期待してるよ」

「それは構わないが……」

　カルデノが何を心配してるのか、言葉とは裏腹に渋った様子で眉間《みけん》に皺《しわ》を寄せる。

「一つ心配なのは、尾行が成功するかというところだ」

「なぜそれを心配に思う必要が？」

　リタチスタさんは嫌味ではなく本当に分からないように口をへの字に曲げてわずかに首を傾げた。

「私達はつい忘れているが、バロウは魔王を倒した英雄の内の一人だろう。そんな奴が大人しく尾行されてくれるだろうか？　恐らく、ただでさえリタチスタがここへ来てから警戒しているだろう」

「それを言うならよぉ」

　少しばつが悪そうに、だがハッキリとガジルさんの目が私に向けられた。

「この尾行にカエデは連れて行けねえよな。尾行がばれる一番の原因になりそうだ」

「えっ、私ですか？」

私は自分で自分を指差した。ガジルさんは間違いないと語る表情で頷《うなず》く。

「いやだって、何かに気付かれないように行動するとか、音を立てないような足運びを徹底するとか、機敏に反応するとか、見るからに慣れてないだろ、絶対。慣れてないっつーかできないだろ」

「……」

否定しようにも否定の言葉がないので、無言でいるしかなかった。その事項の全てが自分には到底出来っこないものだった。

「……で、出来ないですね」

肩を落としてため息を吐き、大人しく認めることにした。自分のために他の人が動くのに自分だけ何も出来ないなんて、情けない。

「カエデはともかくとして、尾行は問題ないと思うんだよね」

「なぜ？　バロウは気配に疎《うと》いのか？」

カルデノが聞く。

「魔法にばっかり頼ってると、案外人の気配に敏感にはなれないものだよ。バロウなんて見て分かる通り魔法抜きにしたらただの不健康男だし」

私が殴ったって倒せそうだものとリタチスタさんはポソっと最後にこぼした。

「いくら気配に疎いって言っても、さすがにカエデが転んだりでもしたら気付かれるだろうけどねえ」

それには私も同意する。

「無理についていっても失敗したら問題だよ」

「カエデのことを置いていくのは悪いと思うが、今回は私とガジルで何とかする」

「うん。私の分までよろしくね」

それでも、自分に出来ることの一つもないんだろうか。リタチスタさんに尋ねると考え出したようで、うつむき加減で動かなくなったリタチスタさん。

考えを邪魔しないようにと私は押し黙り、その空気がカルデノとガジルさんに伝わったのか、同じく押し黙ってしまってすっかり静かになった。

一分ほど時間が過ぎてしまい、控えめに声をかける。

「あ、あのリタチスタさん。そこまで無理に考えてくれなくても大丈夫です。自分でも何か出来ないかと勝手に意気込んじゃっただけですから」

「いいや」

リタチスタさんは思いついた。

「ならカエデにちょっと手伝ってもらおうかな。カルデノ達と同じく時間は夜、バロウが家から出た後だ」

「えっ」

きっと自分に出来ることなどないんだろうと決め付けてたばかりに、上ずった声が出てしまった。

「わ、私に出来ることがあるなら是非！」

「うんうん、やる気があるのはいいね。ま、手伝ってほしいのは簡単なことだけだから安心して」

「はい！」

「本当に簡単なことだけなんだろうな……」

カルデノだけがリタチスタさんに疑いの目を向けた。

「本当に大丈夫だよ。一緒に家捜しするだけだから」

「家捜しか……」

カルデノ的に家捜しは心配いらない分野なのか、それ以上は何も言わなかった。

まず私達はリタチスタさんからバロウの家の中での行動の傾向と予想を聞いて共有し、それからこちらはどのように行動するかも頭に入れた。

バロウはいつも早めの時間に夕食を食べて、あとは自室にこもって何をしているやらリタチスタさんにも分からないらしいが、深夜になってリタチスタさんや他の住人達が寝静まったであろう時間、そっと家を出て行くという。

従って月明かりだけを頼りにすることになり、下手に明かりを持てば即座に気付かれると見て間違いはない。

だからティクの森には無灯で入るのだと言う。

今考えれば、ガジルさんが私に指摘したような足音がどうのに加えて、夜目が効くのかどうかも重要になっていた。

バロウが家を出てからはカルデノ、カスミ、ガジルさんの三人でバロウを追うこととなり、私は一人でリタチスタさんの手伝いとやらをする。

正直なことを言ってしまうとカルデノ、それにカスミさえも隣にいなかった時はほとんどなくて、心細い。

そうも言っていられないのは理解しているが緊張がしっとりした手のひらの汗として現れている。

そして深夜、私達四人はバロウの家が確認出来ながらも最大限離れた街角から、コソコソと動きがあるのを見張っていた。

目を凝らせば暗くても人の出入りの確認くらいは出来る。

「今誰かに見られたら、すごく怪しいって思われるよね」

カスミは小さくて遠目から目視しづらいとは言え、これだけの人数が深夜隠れて同じ方向を見ているのを目撃したら、私なら怪しくて誰かに伝えてしまう。

「おい、バロウが出たぞ」

一番に気付いたガジルさんが身を屈めた。

常人ならば気付かれようもない距離を離れているものの用心に越したことはなく、私達は小さな声でやり取りした。

「じゃあここからは決めてあった通り、カエデだけがリタチスタの所へ行く。私達三人はバロウを追う。いいな？」

カルデノは私の目を真っ直ぐに見て言った。

「う、うん」

不安なのが私の顔に出ていたのか、カスミまで不安そうな表情で私の周りをウロウロと飛び回る。

「カエデ、ひとりなの？」

「ひ、ひとりだけど、大丈夫だよ」

「カスミ、カエデは私達よりも危険は少ないだろうし、心配しなくていい」

それでもまだ納得出来てはいないだろう。しかしリタチスタさんの指示では、バロウの家に向かうのは必ず私一人で、とのことだった。

「おい、もう行くぞ。見失っちまう」

ガジルさんだけがバロウの行方を一瞬たりとも目を逸らさずに追っていた。

「じゃあ、気を付けて」

カスミにはもう一度大丈夫だからと告げて、そうして私達はその場で二手に分かれた。

三人はどんどん離れて行くバロウとの距離を一旦縮めようと駆け足に去り、その背中を見届けてからそっと、出来るだけ物音を立てないよう気を配りながらバロウの家へ向かった。

バロウの家にはリタチスタさんが待っていて、到着したらまず玄関の扉をノックするように指示されていたので、言われた通りノックした。すると中からリタチスタさんの声が聞こえた。

「扉を開けて」

扉を一枚挟んでいるので小さくしか聞こえなかったが、確かにそう言った。

「はい、それじゃあ開けますね」

私は緊張でこわばる手で扉の取っ手を静かに、ゆっくり引いた。

開きながら、わずかに覗《のぞ》いた屋内は真っ暗。そんな暗闇から、ひょっこりとリタチスタさんは顔を出した。

「やあ、待ってたよ。扉をゆっくり閉めて」

言われる通り、開けた時と同様に静かに閉める。

中は暗く、リタチスタさんは手にランタンを持っているのに使っていないから、頼りない月明かりでさえ遮られた。

「バロウの方は？」

「カルデノ達がしっかり後を追いかけて行きました。私が見た範囲だと気付かれてる様子じゃなかったかと思います」

私が言っても説得力の欠片《かけら》もないけれど。

「それなら良しだ。こっち、ついて来られるかい？」

この暗さで何事もなく後ろをついていけるか心配されたが、壁に手を沿わせることで解決する。

暗がりで影にしか見えないリタチスタさんの背中を追う。

「そのランタンは使わないいんですか？　こんなに暗いのに」

他人の家に夜、無断で上がり込む罪悪感で声は思いの他小さくなってしまったが、それでも静かな屋内では十分な声量だった。

「ランタンはもう少ししたら使おう。今はまだバロウが出て行ってそう経ってない。外から明かりを見られたら大変だ」

考えがあってこの暗い中を進んでいるようだ。

「言われるまま入って来ましたけど、バレてないですかね？　出入りが感知されるとか言ってたのに」

「ああ、大丈夫だよ。何せカエデには魔力がないから」

「え？　あ、はあ確かにないですけど……」

「出入りの時感知されるのは魔力だから、カエデが出たり入ったりするのには問題ないんだよ。バロウは何も感知出来てないはずだ」

　時折通り過ぎる窓から差し込む月明かりに照らされるリタチスタさんは、私とは違い壁に頼らず真っ直ぐに歩いている。それでも歩みがゆっくりなのは。やはり暗いからだろうか。

「ならバロウは、私がこうして勝手に上がりこんでるなんてきっと考えてもなかったでしょうね」

　それはそうか、と苦笑いする。

「ふふ、それはどうだろうね」

　リタチスタさんは私の表情が見えないはずなのに、まるで釣られたように少しだけ笑った。

「それにしても、どうして魔力の感知なんでしょう。人の感知とかにしたら、私の侵入だって防げたのに」

「中々厳しいことを言うねえ」

「え？」

そこに大きな違いがあるとは思えず、聞き返した。

「家からの出入りを感知するのだって魔法だ。そもそも魔法がなきゃ離れた場所から何を感知することだって出来ないだろう」

何が言いたいのだろう、と考えて会話が途切れたからか、リタチスタさんは私にも分かるように説明してくれた。

「魔法は、発動するのも反応するのも魔力が必要なんだ。だから魔力を感知して私だけを警戒してるっていうよりも、魔力しか感知出来ないから私しか警戒出来ないっていう方が正しいよ」

「なる、ほど……？」

要は魔力を持たない人はこの世界に存在しない、だから人と魔力はイコールで結ぶことが出来る。

人を感知するには魔力を感知する方法しかなくて、魔力を持たない私は魔力感知の魔法に対して透明人間みたいな存在なのだ。

けれどリタチスタさんの口ぶりから、バロウは私がこうして家に侵入する可能性を捨て切っていない、見越しているかもしれないということ。

「ああ、ここだよ、書斎。到着」

真っ直ぐ進んで、突き当たりを右へ曲がった先の扉を前に、リタチスタさんは立ち止まる。

「ここの書斎も魔力の感知があるかもしれないから、カエデに開けてもらいたいと思ってるんだけど、頼めるかな？」

「私で役に立てるならぜひ」

「それは頼もしい。じゃあ早速頼むね」

書斎の扉の前を私に譲るようにリタチスタさんが横に移動する。

私はバロウの家の玄関扉を開けた時同様、慎重にゆっくりと取っ手を引こうとしたが、ガチガチと引っかかったように抵抗があって扉は開かなかった。

「あれ、もしかして鍵がかかってませんか？」

「あちゃー、それは大変だ。今日もかけ忘れてるんじゃないかと思ったんだけどなあ」

わざとらしい棒読み口調のリタチスタさんの方からカランと、小さな金属を壁に打ち付ける音がして、私はリタチスタさんに目を向けた。

「今の、もしかして鍵の音ですか？」

「正解。本気で鍵をかけ忘れることを祈ってたわけじゃないから、こうして自分で何とか用意してみたんだ。今度こそ本当に開けてみてくれ。私はこの扉には一切触れないようにするから」

鍵を受け取り、開錠、今度こそ書斎の扉を開けた。

書斎はカーテンが引いてあるのか、窓があるはずの室内なのに頼りにしようと期待していた月明かりはなく、完全な暗闇。

「リタチスタさん、暗すぎて何も見えないです」

「ああ、ちょっと待ってくれるかな」

おそらく扉を潜っても平気なのかを調べているのだろう。リタチスタさんは念入りに扉の付近を調べてから室内へ足を踏み入れ、ようやくランタンに火を入れた。

「待たせてすまない。扉に触れると感知される仕組みなのかは調べていたんだけど、念のため再確認してた」

「いえ、大丈夫ですよ。それより……」

そう、それよりも部屋の中が気になった。

ランタンで照らされた室内は書斎と聞いていたけれど、物置と言われた方が納得出来る有様だった。

部屋に入ってすぐ左の壁に本棚があるものの、収納が足りなかったのだろう、床からうずたかく積まれていくつもの塔になった本にはほこりが積もっているし、本棚をふさぐように置かれた机の上にも同じくほこりの積もった大小様々なガラス瓶がある。

「ここは、鍵をかけて隠しておくような場所でしょうか？」

「私も少しそう思ってきたところ。でも鍵をかけたのはそれなりの理由があったから、そして鍵をかけ忘れたってことはこの部屋に用事があるから出入りしてるってこと。必ず私の目がない時ばかりだけど出入りしてたみたいだよ」

「なら、こんな場所でも頻繁に来る理由があるってことですね」

「そう」

二人で書斎の中をあちこち見て回り、そんな中でリタチスタさんが一箇所不自然な場所を見つけたようだ。

「ほら、ごらんよ。こんなほこりだらけの部屋なのに、ここだけほこりがない」

入り口から見て右側の方に長方形のクローゼットがあり、どうやらリタチスタさんはその取っ手を見て言ったらしい。

私も見せてもらったが、この部屋の物はどれもほこりでくすんでいるのに、取っ手だけはピカピカとランタンの灯りを反射している。

リタチスタさんは躊躇《ちゅうちょ》なくクローゼットの扉を全開する。

中は少し無理をしたら人が二人立って入れるくらいの広さで、小さな木箱や紙袋が置かれているだけ。それだって中身はほとんどがただの空き瓶やらガラクタ。

「クローゼットの中は何もないみたいですね……」

「なら用があるのはクローゼットじゃないんだろうね」

「じゃあもう一度他の場所を探しますか？」

けれどリタチスタさんは、そうじゃなくて、と言ってクローゼットの床、とりわけ壁際を気にして、片膝《かたひざ》をついて指先を当てる。

「ん、隙間風がある……。下かな？」

コンコン。クローゼットの床を拳で強めにノックするよう叩く。木製の床はコツコツと固い音を響かせた。

「ちょっとこのランタン、持っててくれる？」

「あ、はい」

ランタンを受け取り、リタチスタさんの手元が見えるように照らす。

その間にリタチスタさんはクローゼットの中にあった物を全て外に出してしまう。すると壁際の木箱の下から拳なら入りそうなくらいの、雑にくり抜かれたような穴がひとつ姿を現す。

「下、多分地下がある」

驚いたふうでもなく、やはりというように小さく頷《うなず》くと、立ち上がって、その穴を頼りに床の片方を跳ね上げるようゴトンと持ち上げた。

「だ、大丈夫ですか？」

「ん、大丈夫、少し重いくらいだ」

リタチスタさんが床板を壁に立てかけると、見えたのは真っ暗な穴。ランタンで照らしても穴の側面を支えるボロの木材と下まで続いている梯子《はしご》が目視出来るようになっただけで穴の底はどこまでも続いているような闇。

「梯子だけれどカエデは降りて来られる？」

「た、多分」

目を凝らせば凝らすほど恐怖を感じた。

「こういった床下に物を隠す作りって、よくあるんですか？」

「そうだね。隠すというかこれはどちらかと言えば地下室か地下収納だね。私も先生の所で使っていたよ。日に当てたくない物とか、お酒やら不必要な道具とか……」

言いながらリタチスタさんは自然と私からランタンを受け取り、梯子を降り始めた。

「こ、ここ、大丈夫ですか？　下が見えませんけど」

「見えないから降りるんじゃないか。まあ多分危険はないと思うよ」

木製の梯子はリタチスタさんの動きに合わせてキシキシと軋《きし》む。

「下りきれたよー」

上から真っ暗な中を覗《のぞ》いていた時に想像していたよりはずっと近くに感じたが、それでも高さが四、五メートルはありそうだ。

地下に降りたリタチスタさんは辺りをランタンで照らして窺《うかが》っているようで、キョロキヨロと一通り周りを見渡して、こちらを見上げてくる。

「おいで、大丈夫みたいだ」

「い、今行きます！」

こんなに長い梯子《はしご》を降りるなんて経験はないので片道だけで腕が疲れた。

そうしてようやく私も、謎《なぞ》の地下空間を見渡した。

「……洞窟みたいですね」

広さは人が一人生活して不便がないほど広いものの、土混じりの岩肌が露出していて、ほとんどが固定し垂らされた布で隠されている。自分で掘り広げたにしては広く、一人でここまで出来るとは思えない。恐らく拡張石など使って広げたのだろう。

部屋の形は円形でも四角形でもなくいびつだ。

書きかけの文書と転がされた筆記具で散らかった机、椅子にも分厚い本が数冊積まれている。それと傷だらけで汚れの染みた作業台、乱雑に積まれた木箱、麻袋、カバン。布を敷いた上に積み上げられた紙の山の全てが壁際へ置かれていて、ここも一つの部屋と言えるだろう。

汚れた作業台の上に、両手で持つほどの大きな石が置いてあって、リタチスタさんはそれを指先でツンと突く。するとランタンなんかよりもずっと明るく部屋の中を照らす光が灯る。

そうして明るくなった部屋は、壁際はゴチャゴチャと物が多いものの、中央はすっきりと片付いている。

「バロウが作業して過ごせる最低限は整えてるって感じだ。それに見てごらんよ」

リタチスタさんは壁に垂らされたいくつかの布に目を向け、私も同じく目を向ける。

布は大きな一枚の物だったり帯のように細長かったり小さかったり、生地の色も様々だが、そのどれもがよく見れば精巧な模様がすべて手で書かれている。

「この布なんだと思う？」

「え、飾りじゃないんですか？　岩肌を隠すための壁紙代わりとか」

違う違うとリタチスタさんは首を横に振る。

「陣だよ」

「これが？」

魔法を構成する陣。それは目に見える形にした時必ずしも円を描くかと思っていたが、布の模様はどれも丸くない。

沢山の文字が絡まったような様々な模様がランダムに書かれている布だったり、まるで迷路の中一面に複雑な文字がビッシリと書き込まれた布だったり、目が疲れそうな物ばかり。

「陣って円形じゃないんですか？」

「ああ、円形なのは魔法円って言ってね、今は魔法円を使うのがほとんどだ。魔法の方向や範囲が定めやすいし。けどこんな感じの円形じゃないものもあるんだよ」

へえ、と声をもらす。

改めて布の陣を見てみるが、円形の魔法円の方が美しいというか、整っているというか、完成した形に感じられる。

「この陣の書かれた布、何でしょうかね。沢山吊るしてありますけど」

「多分黒板の代わりに適当に使っただけだと思うよ。忘れやすい文字とか思ったことを書き込んだりとか」

「なるほど」

リタチスタさんは目を布からまた部屋全体へ戻す。

「それじゃ、まずはここの物を全て調べるとしようか」

「えっ、ここの……」

床のそこかしこに散らかる紙の山、束、本。全て丁寧に目を通すとなるとかなり根気も時間も要するだろう。

「ぜ、全部ですか？」

「当然」

リタチスタさんは紙の山に手をつけ始めた。

「カエデは木箱や他にも何か隠れていないか調べてくれる？」

「あ、はい」

私は魔法に関する書き物を見てもさっぱり分からないが、リタチスタさんが紙の束や本に目を通し始めたのを確認して、自分も動き出した。

壁の役割にもなっている布の際に置かれた木箱は私が両腕で抱えるには大きすぎるくらいのサイズが七つ。動かそうとしてもビクともしないので、取りあえずいくつか重なったまま一番上の蓋を開けてみた。

とても動かせない重さだったため、一体何が入っているのかとは思ったが。この大きな木箱一杯に晶石と思しき石が入っている。

他の開けられる木箱も全て中身は晶石だった。この分では恐らく重なって手も出せない木箱の中身も晶石だろう。

後は投げ捨てるように転がったカバンや麻袋も全て調べたが、驚いたことにほとんどが晶石だった。

「リタチスタさん」

「んー？　変わったものでも見つけたかい？」

両膝《ひざ》をついていくつも手に持った紙の束を調べていた目がこちらに向く。

「いえ、ここの物は全部晶石でした」

「晶石。魔力の蓄え用か」

他の物を期待していたのだろう。声には若干落胆の色が窺《うかが》えた。

「バロウもいつ帰ってくるか分からないが、まだ時間はあるはずだ。晶石以外を探してくれるかな」

「はい」

「晶石以外があればいいんだけど」

バロウの家に忍び込んでから今に至るまで、けっこう時間を費やしているためだろう、いつ戻って来るか分からないバロウを警戒してリタチスタさんの部屋を探る手が速まる。

私はリタチスタさんに言われた通り、本や紙の束以外で私にも分かる物を調べることにした。

しかしどこにある物も関係があるように思えなくて、すぐ隣の岩肌を隠すように垂れた布と布のほんのわずかな切れ目の向こう側に目が行った。やることがなくなってしまったな、と、リタチスタさんには申し訳ないが単なる暇つぶしの類だった。

「あれ……」

黒い穴のような物が見えた気がした。ただの気のせいかとも思ったが布をめくってみればそこだけ、岩肌に細い通路がどこかに通じていた。

「リタチスタさん、布の後ろに道があります」

すぐさま報告すると、忙しそうに紙の束を相手にしていたのに、パッと顔を上げる。リタチスタさんにも見やすいように布をめくって見せると、興味が完全にこちらへ向いた。

「なんだろう、ちょっと行こうか」

そうして手にしていた物を全て床に投げ捨てるように手放すと、ランタンを指先に引っかけてこちらへ来た。

部屋を明るく照らしていた作業台の上の石も、布に遮られたこの裏側までは照らせず、ランタンで初めて奥が見えた。

「道？」

どこかに通じている。布が揺れなかったのが不思議なくらい、ユラリと冷たい風が吹き込んでいた。

ここも先頭はリタチスタさんが進んで足を踏み入れる。

「何かありますかね」

「どうだろう、単なる通風孔って可能性もあるけど」

通路は短く、その先にある小さな空間には簡単にたどり着いた。広さは四畳ほど、ここから通じる先ほどの部屋と比べるととても狭く、しかし明らかに違ったのは床一面を埋めるような布に大きく複雑な陣が描かれていること。

「これ、転移魔法じゃ……！」

リタチスタさんが珍しく声を荒げた。

「も、もしかして私がこの世界に来た原因の？」

リタチスタさんがアルベルムさんの弟子として過ごす日々の中で見慣れた転移魔法の陣なのか、それともバロウが作った、私を呼び寄せることになった転移魔法の物なのか。

「そう、多分そうだ！　ほら！　行き先の指定がデタラメで、いや違うデタラメなんじゃない、……欠けてる？　私が見たことないだけなのか、これは。記憶の情報に関連している文字列なのか……？」

急に無言になって足元に広がる陣をじっと目に焼き付けるように、考え込むように、睨《にら》むようにリタチスタさんは動きを止めた。

しかしハッと弾かれたように、自分が身に着けていたポーチから数枚の紙と筆記具を取り出し、私はランタンを押し付けられる。

すぐに床の陣を書き写し始めた。

「少し照らしてて。これ書き写すから」

「これ全部ですか⁉」

床一面を覆いつくす大きさの布にビッシリとさまざまな模様としか思えない複雑に絡んだ線。文字であろうことは想像が付くが私には読むことの出来ない形が並ぶ。正確に書き写すなんて気の遠くなる作業だ。

「当たり前だろう。と言っても、これが完成された物かは、詳しく調べてみないことにはなんとも」

すでに書き始めながら、手と口が別人のようにスラスラと作業が開始された。

「君が帰れるかどうかの問題でもあるのは分かってるだろうね」

「も、もちろんです」

「バロウだってそう長い時間家を空けているわけじゃない、もう一度侵入出来るとも限らない。この部屋を見つけられたのは幸運だった」

饒舌《じょうぜつ》だな、とリタチスタさんのランタンに照らされた暗い横顔を見て思ったが、その顔は他人と話している時とはまるで違って無表情。いや表情を作る暇もないほど真剣そのものだ。

まもなくリタチスタさんは口を閉ざした。今は私とおしゃべりするよりも優先するべきことはこの陣の書き写し。しかしながら気になっていることがあって落ち着かない。

「何か、聞きたいことでも?」

こちらを見てもいないのに、リタチスタさんは私の心を見透かしたようにそう問うた。

「え、あ、いえ」

「言ってごらんよ。おしゃべりして手が動かなくなるわけじゃないんだから」

私がリタチスタさんの作業の邪魔をするのではないかと懸念している、と見透かされていたようで、本当にこうして話していてもリタチスタさんは苦もなく手が動く。

ならお言葉に甘えて、と私は口を開いた。

「その、こうして侵入してることがバロウにばれたら、どうするのかなと思って」

「どうするって？」

バロウだって腹を探られるのは嫌なはずだ。ましてこんな地下に作った部屋ならば当然、他人に見られて平気なわけはない。それともリタチスタさんが家にいるのだからこの部屋が見つかるのも覚悟の上なのだろうか。

それにしたってリタチスタさんや私が物を動かした形跡は完璧に消すことが出来ないだろうし、他人が自分の家の中で好き勝手したことをバロウは見過ごさないだろう。

「リタチスタさんが追い出されるとか、もっと悪ければバロウが知らない土地へ逃げてしまうかもとか、色々考えてしまって」

「なるほど」

リタチスタさんの手元の紙の中の魔法陣はどんどんと形を成してゆく。道具もなしに美しい円を描き、精密に書き込まれる様は、どことなく機械じみていた。スウと引かれる線は物差しに頼ったように一つのブレもない。

数枚の紙にわたたって陣を解体して記しているらしい。文字以外の複雑な模様は写し終わったのか、今は文字ばかりが書き写されている。

物が動いたりしたことは記憶違いでごまかせたとしても、この布がなくなるのは非常にまずいはず。持ち出せるなら書き写す手間もないのにと考えたが不可能だ。

「追い出されたって屋根でもどこでも寝て過ごすよ。それにバロウは今、魔力残量が少ない状態だろうから魔法を使って逃げることはおそらく困難だ。だから見張ってさえいれば生身で動くしかないバロウを逃がすなんてありえない」

私は首を傾げた。

「どうして魔力が少ないって分かるんですか？」

「……このところ魔力を晶石に溜め込んでるみたいだから」

少しだけ口を曲げながら答えた。

「カエデは魔力の消費、回復の感覚が分かるかな？」

私は首を横に振った。もとからない物がなくなる感覚だってそれが回復する感覚だって想像は出来たとしても正しくはないだろう。

「分からないか。そうか」

「はい。……でもどうしてそんなことを？」

リタチスタさんはずっと手を動かし忙しなくしていたのに、その手が一瞬止まったように見えた。

「どうして？　うん、興味かな。魔力がないって、普通はありえないだろう。私は人一倍多くの魔力を持ってるから、なおさらね」

　そんなことより、とリタチスタさんは話を切り替えた。

「恐れるべきは、何も掴《つか》ませたくないからって、こうした陣や独自の研究成果を廃棄されることだ」

　バロウは一度頭に入れたものだからどうにかなるかもしれないけど、私達はそうはいかない。

「自棄《やけ》になってでもごらんよ、きっとカエデは元の世界に帰るなんて出来ない」

「自棄になりますかね？　だってバロウはずうっと異世界へ行くってことを目標にしてたわけですから」

　死んでもあきらめないだろう。けれど私とリタチスタさんでは考え方が違った。

「一つにしか執着してないってことだろう？　それならなおさら」

「…………」

　一つにしか執着していない。それで自棄になる事態っていうのはつまり、バロウが異世界へ、日本へ行くのを断念せざるを得ないことを指す。

　バロウがこの世界へ生まれて数十年。諦《あきら》めず、周りにどう思われようとも突き進んでいた転移魔法をだ。

　台無しにしてやる、とリタチスタさんは言っていた。バロウが人生の全てをかけた転移

「私がしようとしてるのはそういうことだよ。だから順番は間違えられない」

「順番……」

全ての手がかりや情報を手に入れた後ならバロウが自棄《やけ》になろうと、どうなろうと構わないと？

考えすぎだろうか。

アルベルムさんとの約束を忘れていたことが許せないから、きっと静かに怒っている。アルベルムさんを尊敬していたのは分かる、でもバロウだってリタチスタさんの中で小さな存在ではないはず。情がある相手の全てを奪うようなことをするのは平気なんだろうか。

「リタチスタさんは、アルベルムさんをすごく尊敬してるんですよね？」

「先生かい？　そりゃあね。すごく、すごくお世話になったんだ」

アルベルムさんの話題になった途端、若干表情が和らいだ。いつも見せている笑顔とは違った、心の底から湧いた愛しさがあふれ、とても温もりが伝わって来る目。

「リタチスタさんは何がきっかけで、アルベルムさんと知り合ったんですか？」

作業の妨げになるとは、リタチスタさんのスラスラと動く手元を見て思うことはなくなっていた。そしてリタチスタさん自身から構わないと言われたことも手伝って、私は質問することへ抵抗がなくなった。

「……私は昔、遠い土地から一人でギニシアまで旅をしたんだ。土地勘もなかった私はアルベルム先生にお世話になって、そのまま魔法も教わることにした。私は魔力量が豊富だったから先生も可愛がってくれてね。それでいくら感謝しても足りない恩を感じてるんだよ」

「そうだったんですか」

簡単な内容ではあったが、それでもリタチスタさんが旅をしてギニシアに来たことは初めて聞いた。

「それで、アルベルムさんを蔑《ないがし》ろにしているようなバロウを許せないんですね」

「そういうこと。バロウの泣き面が今から……」

気分が良さそうに話していたというのに、突然リタチスタさんは何もないはずの天井を見上げた。

「まずい、バロウが戻って来る」

「ええ⁉」

私も同じく天井を見上げたが、何も感じ取ることが出来ない。

「で、でもここからじゃ分からないし、物音とかなら聞き間違いじゃ……」

「馬鹿を言うんじゃない。私だってバロウが帰ってきたら分かるように魔法で細工してあったんだから」

どれほどの時間バロウが家を空けるかを聞いてなかったが、勘違いではなく本当にバロウが戻ってきてしまったらしい。

「ど、どうしましょう？　私達がここにいるって気付かれたらまずいですよね⁉」

リタチスタさんにも若干の焦りこそ見えるが、それでも陣を書き写す手は止まらない。

「カエデ、もうすぐバロウが家の中に戻る。その前に上に戻って書斎の施錠をして、クローゼットの扉と開けた床板を戻して来てくれるかな」

「はっ、はい！」

バタバタと走って梯子《はしご》に手をかけた。

もうすぐというのがどれほどか分からないがとにかく言われた通り書斎を内側から施錠し、クローゼットの扉を閉めて、床板を下ろしつつ息を切らしながらまだ陣の書き写しの終わらないリタチスタさんの隣に戻る。

「か、鍵かけて来ました」

「クローゼットの床は？」

「そっちも、なんとか」

私はこめかみに伝った汗を手の甲で拭った。

「よし、もう写し終わるからね」

手元の紙は細かい沢山の文字や模様で埋め尽くされ、この短時間で書き込まれた物とは信じられない。

「でも上を戻してきたって、ここに閉じ込められる形になってるじゃないですか。どうするんです？」

問いかけるが最後の追い込みなのかリタチスタさんは何も答えてはくれない。それがただの意地悪なんかではないのは真剣な表情から見て取れるため、大人しくしていなければと口を閉じた。

どれほどリタチスタさんが手と口を別に動かせても集中するには口を動かしていた分の労力も必要となるだろう。

あとどれほどの時間を要するのかと待つこと十秒ほど、リタチスタさんの忙しなく機械のように動いていた手が止まった。

「よし終わった」

ビッシリと書き込まれた紙は丁寧に折り畳まれ、ポーチへ仕舞われる。

「どうやってここから脱出しましょう？」

「うん……、方法がないわけじゃないんだけど」

手段があるなら何でもいい、今すぐに脱出してこの緊張感から逃れたかった。

「あるならさっそく出ましょう！」

「そうだね。ならこれから使う魔法、誰にも内緒にしてくれるかな？」

「え？　あの、どういう意味ですか……？」

内緒？　なぜ？　何となく重たいものを背負わされそうで、しかも話が唐突過ぎる。一体なんの魔法なのかも説明されていない。

隣の広い部屋に戻り、私達がここに来た痕跡を片付けて元に戻しながらリタチスタさんは続けた。

「理由かい？」

「理由もですけど、どんな魔法を使おうとしてるのかも分かりませんし」

前もって説明してもらわないとこちらとしても不安になる。

私もリタチスタさんを真似て、覚えている限り自分で動かした物、主に木箱を元の状態に戻す。

「転移魔法だよ。ここから抜け出すにはそれしかない」

「転移魔法ですか？」

オウム返しする。

転移魔法は勝手な思い込みかもしれないが、リタチスタさんにもバロウにも一番慣れ親しんだ魔法だと思っている。それをなぜ他言するなと釘を刺すのか。

「何でそれを隠す必要が？」

「うーん……。知られたくないんだ。単純だろう」

その知られたくない理由が知りたいのだが、待っていても一向にその理由を教えてはくれない。

なのでリタチスタさんが人に魔法を知られたくない理由は何だろうと少し考えてみた。

けれど私は魔法に詳しくないし、心当たりはアルベルムさん関係の魔法だろうか。アルベルムさんが作り上げた魔法で、他には知られていないからリタチスタだけが知っているとか、もしくは少数にしか知られてないとか。

「アルベルムさん関係で、とかですか？」

思わず聞いてしまった。

「へえ。どうしてそう思ったんだい？」

リタチスタさんは私の質問に強い興味を持ったように片付け作業の手を止めた。止めたというよりこの時ちょうど終わらせてしまったようだった。

「いえ、どうしてってこともないんですけど」

そりゃあ理由を言いたくなかったなら触れられたくない内容だろうが、一応自分で思っていたことを口にしてみただけ。

するとリタチスタさんは少しだけ目を大きくして、次に口角を片方だけ上げるようにして笑った。

「カエデも中々勘が鋭いじゃないか。驚いたよ」

「え？　じゃあ、本当にアルベルムさん関係の魔法なんですか？」

「そう。実は先生が私を信用して、たった一人私にだけ、と教えてもらうことが出来た魔法なんだ」

言いながらリタチスタさんは汚れた作業台に腰を下ろすように寄りかかった。

「転移魔法は膨大な魔力を必要とするから限られた人しか使えないだろう？　それに点と点をつなぐように決まった場所から場所へしか移動出来ない」

「なら、ここで突然どこかに逃げるなんて出来ないから、だから誰にも言うなってことですね」

「分かってもらえたようで何より」

リタチスタさんは私に手招きをする。特に何も考えず招かれるまま近づくと、ガッシと私の手首が掴《つか》まれる。

「カエデが思う万倍大変な事態になるからね。だから決して、誰にも、何も言わないように」

言葉が終わるや否や作業台の上の明かりが消されランタンだけになった瞬間、視界が一瞬青く光ったかと思うと、場所はどこかの部屋になっていた。

「え……⁉」

靴の下に伝わる感覚は板の間。六畳ほどの質素な部屋はベッドとカーテンの下がる窓があるだけ。

私が驚いて上げた声が思いのほか大きかったのか、リタチスタさんは私に向かって口に人差し指を立ててみせた。

「静かに。バロウはもう家に戻って来てる」

ということは、ここはバロウの家に程近いどこかだろうか。

「え、あのここは？」

「バロウの家だよ。私が使ってる部屋だ」

事もなさげに告げられた言葉。予想外にも、本当にあの地下室からただ脱出しただけだったようだ。目的地だって目と鼻の先どころか同じ屋内。

「カエデは窓から外に出て宿に帰るんだ。バロウが帰って来たんだから多分カルデノ達も近くにいるだろう」

閉め切られたカーテンをそっと開ける。この部屋が二階に位置していたらどう外に出たらいいだろうと恐る恐る暗い外を覗《のぞ》くと、ここは一階なようでホッと胸をなで下ろした。

両開きの窓の片側をゆっくり開けば柔らかく風が吹き込む。

とにかく物音を立てず、静かに行動することを心がけ外に出る。

リタチスタさんはそんな私を、窓から身を乗り出すでもなくただ室内でたたずみながら見守っている。

ランタンの火はいつの間にか消えていた。部屋の扉から明かりが漏れることを警戒してだろう。

「じゃあ、あの、私行きますね」

「後で行くから寝ないで待っててくれよ」

「今日ですか……⁉」

私の小さな声にリタチスタさんはコクリと頷《うなず》く。

「そうだよ。まあ色々先にやることをやってから」

「は、はあ。色々……？」

バロウには寝たふりでもしておくんだろうと考えていたのに、一体他に何をやろうというのか。

「じゃ、ほら行くんだ」

「それじゃあ、失礼します」

なんだか追い払うように見送られるので、私は若干早足でバロウの家を離れた。

リタチスタさんが言っていたようにバロウが帰ってきたのだから近くでカルデノ達が隠れてこちらの様子を窺《うかが》っているだろう、とキョロキョロ辺りを探す。

「カエデ、カエデこっちだ」

どうやらカルデノも私が探していたのを気付いていたらしく、少し離れた草陰からこちらへ呼びかけ手招きしていた。

「あ、カルデノよかった、いた……」

草陰にはカスミとガジルさんもいて、無意識にこわばっていた肩から力が抜ける。もしカルデノ達が近くにいなければ一人で暗い夜道を歩くことになっていたから、ホッと胸をなで下ろして駆け寄る。

「私が思ってたより早くバロウが戻って来て、焦ったんだよ」

あの焦り。笑い話にするなど出来もしないのに苦笑いして、カルデノも私の表情を見て同じように少し苦笑いした。

「そうか。こっちもバロウがまさかこんな早く戻るとは思わなかった」

「それで、バロウがどこに行ってたのかは分かったの?」

「ああ、一応……」

「おい、話すのはここから離れてからでもいいだろ」

ガジルさんはカルデノの言葉を遮り、宿の方を指差す。

「見つかるかもしれないんだ、行くぞ」

ガジルさんが一足早く宿の方へ歩き出す。

「そうですね。あ、そうだリタチスタさんが、後で行くから宿で待っててくれって言ってたよ」

「よし、ならとにかく戻ろう」

背を向けたバロウの家から、何からガタンバタンと物音がしていたが、私達は振り返ることなく宿へ戻った。

私達が宿へ戻って数十分ほど経って、リタチスタさんは言った通り姿を現した。

そこからはバロウの家を探っていた私とリタチスタさん、バロウを追ったカルデノとカスミ、ガジルさんの情報交換のような場になり、一番最初に口を開いたのはリタチスタさんだった。

「まず先にバロウの行き先から聞いても?」

すでにこの部屋での自分の定位置を決めたらしく、リタチスタさんは特に了承なしに私の使うベッドに腰を下ろしている。私はカルデノの使うベッドに腰掛け、カルデノとガジルさんは小さなテーブルとセットの二脚の椅子に落ち着いている。

カスミはまだリタチスタさんに慣れないのか、姿を見せない。

カルデノがリタチスタさんの問いかけに答えた。

「ああ。まずリタチスタの読み通り、バロウはティクの森へ向かった」

不服そうに腕を組み、ガジルさんが尾行の様子を語る。

「気付かれないようにとは言え、あの魚がウヨウヨしてる中での追跡は厳しかったぜ。こっちは魚を追い払うためのランタンなしだったからな」

「厳しかっただけで済んだんだから文句なんて聞きたくないんだけれど」

「結果論じゃねえか」

唇をとがらせると、まあまあとリタチスタさんはなだめる。

「それで？　バロウはティクの森で何を？」

打って変わって真剣な声色。そろそろ聞かせてほしいという訴えだろう。カルデノも応えるように一度小さく頷《うなず》く。

「それが、……あれは一体何だろうか、分からないが魔法を使っていた」

「んん、魔法？　それはどんな？」

「どんな……」

カルデノは少し困ったようにガジルさんに目をやる。

「目に見えて何か出て来るとかなら俺らにだってどんな魔法か説明も出来るだろうが、分かったのは魔法を使ったってだけだ」

「魔法を使ったことは分かったのに、効果が不明だって？」

呆れの混じった眼差しだが、気にせずカルデノがガジルさんの話に続ける。

「そう。大きな木の下にたどり着いたと思ったら、木の根に何かしたのか陣が出てきて、それを少しいじっただけで後はもう帰路だった」

バロウを追って着いたのはティクの森の中でも珍しい大木の根元だったが、大木としての大きさ以外に特別なところがあるようには見えない、普通の木だった。それなのにバロウが木の根元へ触れると、レシピ本から陣が飛び出した時のように木から青い陣が広がり、そして一瞬でまた木に吸い込まれるように消えた。

これを実際に目の当たりにした二人は、魔法を使ったが何の変化も効果も見られない、正体不明の魔法としてリタチスタさんに報告した。

「ふうむ。気になるね」

「すまないがこっちは、これくらいしか……」

尾行が失敗したわけでもないのにカルデノは何となく申し訳なさそうにしていて、尻尾もズンと重力が増したように垂れていた。

「友達思いだね」

リタチスタさんが呟《つぶや》くような小さな声で言った。

カルデノは、自分の成果が私が元の世界に戻れるかに関係していると考え行動してくれていたのだ。だからこの落ち込みようなのかと思えば気にしないでと言葉をかけずにいられなかった。

「それにしても英雄の一人だってのに、俺達の尾行にゃ気付かないもんなんだな」

「ハッハハ！」

魔王を討伐した英雄の一人。その肩書があれば確かにとガジルさんの言葉にも頷《うなず》けたが、リタチスタさんには予想外に面白い意見だったのか、愉快そうに笑い声を上げた。

「魔法にばかりかまけてた奴に剣士と同じ感覚を磨けというのも酷なものだよ。バロウなんて余計に」

「そうなのか？」

本当だろうかと眉をしかめるガジルさんに、言葉が続く。

「あいつから魔法を取ったら不健康な男と言ったけど訂正だ。無愛想で何の面白みもないただの非力な男だ。自分でも分かってるのか魔力切れを人一倍嫌ってる」

ふうん、と呼吸のついでに出されたような声は平坦な感情を現していて、ガジルさんはさほど興味を惹かれなかったらしい。

「なるほどな。それで本人がどんだけ気を付けてたって俺らは見つからなかったわけか。魔法にだけ特化してたバロウに感謝だな」

「そうだね」

次はこちらの番だね、とリタチスタさんはバロウの家にあった地下収納について切り出した。

「カエデに手伝うように言ってたが……、手伝いが必要な何かがあったんだな？　持ち出す物とかがあったか？」

「いやいやそういう手伝いではないよ」

否定のため首を横に振った。

バロウの家から脱出した私が特に荷物を抱えているようにも見えなかったためか、単純に疑問に思ったらしい。

「もちろんカエデが来てくれて助かった」

バロウに魔力感知されるのを恐れて扉は私が開閉を担当したし、それだけでも役に立てたかと思う。

ただ、やはりどうしても家の中を探った痕跡は完璧に消すことなど出来ないだろうし、それは私が気付いているのだから当然リタチスタさんだって気にかけているだろう。けれど楽観的過ぎはしないか、と考える。

「で、だ。カエデが元の世界へ帰るために必要と思われる陣を見つけた」

件《くだん》の陣を書き写した紙が入ってるであろうポーチをポンと叩いた。

「本当か！」

カルデノが我がことのように驚きをあらわにする。

「ああ、けど詳しく調べてみないことには本当に目的の陣なのか、すぐに使えるかそれとも改良が必要か否か確証がない。けど今ハッキリ言えるのは、バロウの作った陣には私も知らない文字列があったってことだ」

「でもリタチスタさんでも知らないような文字列で作られた陣でも、確実に使われた可能性は高いですよね？」

リタチスタさんとバロウの魔法についての知識にどれだけの差があるかは分からないが、リタチスタさんだってバロウと同じ先生から同じだけを学んでいるのだから、同等と見ても差し支えないだろう。

「あるいはこれから使われる予定だったか」

「とにかくこれで私、帰れるってことでしょうか」

「さっきも言ったけど、調べてもいない物はどれだけ確率が高くても確かなことは言えない。ぬか喜びだってしたくないだろう？」

いさめるようにピッと指差される。

「そうですね、すみません……」

大きく期待に膨らむ胸を押さえることが出来なくて、それでも今はまだ帰れる段階じゃないと心の中で自制する。

「ところで、バロウには地下に行ったこと、バレませんでした？」

「多分バレてはなかったと思うんだけど、一応ごまかしてきたよ」

「ごまかす？　わざわざバロウに何か言ったりしたんですか？」

　ごまかしたってことはあの後わざわざ自分で部屋を出てバロウに疑われてもいない事柄に対して身の潔白でも証明したのだろうか？　それなら確実に余計な行動だったろうに、本当に大丈夫なのだろうかという心配をよそに、リタチスタさんのごまかし方は私の想像とは遥かにかけ離れていた。

「いや、自然な流れで書斎を壊した」

「こっ、壊し……、えっ？」

　書斎を壊した、とは。

「自然な流れ？」

「書斎ってことはつまり家を壊したってことだよな？　家を壊すのが自然な流れってなんだ？　決闘でも申し込んだのか？」

　私と同じくカルデノもガジルさんも顔をしかめた。書斎を壊すなんて並大抵の行いじゃない。

「自然な流れは自然な流れだよ。自然にこう、ソイッとね。もうこれ以上形容出来ないほど自然に……」

　リタチスタさんはハッとして咳払いし、強制的に自然な流れで書斎を壊した話を終わらせてしまった。

「いや、そんなことはどうでもいい。とにかく、寝る暇なんてないぞ、バロウが何か魔法を使ったっていう場所まで今から案内してもらうからね」

「え⁉」

私はギョッと目を剥《む》いた。

「まあ早いに越したことはない」

「道も場所もしっかり覚えてるから安心していいぜ」

この深夜にティクの森へ向かうのを躊躇《ちゅうちょ》したのは私だけのようだった。

言われれば二人の言葉も理解出来る。この場合私がのんきなのだろう。

「カエデの魔力がないならではの協力がティクの森でも必要になるかもしれないから、もちろん一緒に行くよ」

「は、はい……」

私だけ宿で待っているつもりはなかったしこの人数なら暗い夜道だって怖くない。

ティクの森へ足を踏み入れて、ランタンの明かりから逃げるように道をあけて避ける魚を見上げる。

その頃になるとずっと私の髪の中に隠れるようにしていたカスミは自由に周りを飛び回り始めた。

夜の森というのは気味が悪い。これだけの人数で歩いているのに恐怖を感じる。漂う魚が発光しているから、普通の森とくらべたら幾分かマシか。

もしも一人で歩いていたらと想像して鳥肌を立ててしまい腕をさする。

「さっきバロウを尾行した時はランタンを使ってなかったんだよね？　よくこんな沢山の魚から逃げ続けたね」

「ああ、見ての通りこいつらはそこまで移動速度は速くないから助かったのもあるが、それよりカスミが私達に危害が及ばないようにずっと風を使って遠ざけてくれてたんだ」

「本当？　すごいね！」

「へへ！」

カスミは照れて頬《ほお》に両手を当ててくるんと回ってみせた。

カスミは体こそ小さいが何度も助けられてきた頼もしい存在なので、私が見ていなかったところで二人を助けていたのを想像して誇らしい気持ちになる。

「お、見えたぞ。あの木だ」

ティクの森に入ってどれほど歩いただろう、うんと深くまで行くのかと思っていたばかりに拍子抜けした。

ガジルさんが指差した木は特別に高いわけではないが、幹は大人の男性が大の字に寝た直径ほどもあり太く、沢山の葉を茂らせている。

「確かに他の木よりも大きいですね」

「だろ？　だから間違いない、ここだ。あとはあんたが調べてみてくれ」

リタチスタさんはすでに大木を見上げていた。ガジルさんの言葉にはそのまま分かったと返事をして、ゆっくりと歩き出す。大木を目の前にして、すぐに何か気がついたように根元の土を少し手で掘り起こす。

「ここに何かあるみたいだ」

土に埋まっていた木の根に目が留まったらしい。そこを指先で触れると青く発光する陣が大木を中心に波紋のように広がる。

「う、おお……！」

ガジルさんは陣が広がる不思議な光景を指差した。

「俺とカルデノが見たのもこれだな！」

「ああ」

「これは、バロウの家の地下で見つけたのととても似てはいるが……」

興奮を隠し切れないガジルさんに何を言う余裕もないのか、リタチスタさんはただ目の前に広がった陣、そして流れるように回り続ける模様のような文字を一文字も逃さないようじっと見つめる。

「似てるけど、全く同じものでもないね」

「似たものを二つ作る必要があるのか？　それに片方は森の中だ。これは一体何だ？　なぜ森の中へ忍ばせる必要があるんだ？」

「ふうむ……」

カルデノの疑問に対しあれこれと思考を巡らせているのか、リタチスタさんはあごに手を当てて陣を見つめたまま石像のように動かなくなってしまった。

「あの、バロウは今までに三回、同じような異世界間の転移魔法を使ってますし、これは古いものか新しいものかなんじゃ？」

失敗を重ねているのなら陣は作り直しているということなのだし、今目の前に広がる陣が改良前なのか後なのかは判断が付かないけれどあり得ることだ。

「だけど、何でこんな森の中に陣を置いてるのだろう？」

「確かにそうですね。この場所じゃないといけない理由があったとか」

「私達は詳しくないが、リタチスタから見てこの森で魔法を使うような利点は？」

カルデノが私の疑問をすくい上げてさらに言う。

「その土地に自然的に発生する魔力や生物の有無も関係しないとは言い切れないけれど、ティクの森は変わった魚が泳いでいる以外は特に一般的な森と違いはない」

違いはないけれど、とリタチスタさんの目が大木に向く。

「強いて言えばこの大木を利用してるってことかな。この木に限った話じゃないけど、長く生きて大きな植物はそれだけ今まで吸い上げた魔力が多くて、そのせいか蓄えられる魔力が桁《けた》違いなんだ」

昼間なら薄暗い森の中でもこの大木は一際大きなことが遠目で見ても分かるくらいだし、場所はともかく、出来るだけ多く魔力を有する物に陣を埋め込みたかったんだろうか。

「無関係なわけはないし、ここで放置するのも不安が残るね」

リタチスタさんはバロウの家の地下でしたように、ポーチから紙を取り出して宙で怪しく光る陣を書き写していく。その手の動きは素早く正確で、スラスラと余白が埋まって行く。

「このために、私達を遠ざけてたのかな」

晶石を買い集めて来させたり、遠い街にある紙を買って来させたり。

何日も帰ってこないことが分かっていればバロウも私達の動きを警戒せず自分のしたいように動けただろうし、リクフォニア製の紙でないとどうしてもダメだから妥協出来ないと、強引に意見を曲げなかったのも納得出来てしまう。

「時間を作るって目的は、あっただろうね」

筆を握るリタチスタさんは淡々としていた。

「転移魔法を発動させるために必要な魔力。カエデが来てから思い浮かんだ陣の改善点。穏便に逃げる算段。その他あれこれ」

普段お茶目な面を見せているリタチスタさんが淡々と感情の起伏なく言葉を発している

姿はめずらしい。

「私と会わず君達だけでバロウのおつかいをハイハイとこなしていたら、きっとある時突然バロウはいなくなってただろう」

そうなっていたら、私はどうしただろう。

「だからってこれは元の世界に帰るために必要なことだからと言われてカエデが断れないのもまあ、分かる。卑怯だねえ、バロウは」

筆を持っていなければ、リタチスタさんは呆れたような表情を見せただろうか。

「アンレンを離れていた時間は割と長かった。ここ以外にも陣を設置してたりするだろうか」

カルデノは両手のふさがったリタチスタさんの手元が見えやすいように、ランタンを掲げた。

「うーん、何となく二箇所だけとも考えづらいけれど、そうだとして他を探す手がかりが……」

ぴたり、筆を持った手が止まる。

どうしたのかと、私はリタチスタさんの手元を覗《のぞ》き込む。紙に触れたままのペン先からジワ、とインクが滲《にじ》んでいる。

「これ、ちょっと重なりそうだな」

「重なる？　何がですか？」

これだよ、とポーチからバロウの家の地下で書き写した紙を全て出して落ち葉だらけの地面に躊躇《ちゅうちょ》なく並べる。

リタチスタさん以外の私達四人はそれをよく見ようと屈んでそれぞれ顔を近づけたりしたが、誰一人その内容を理解出来ずそろって首を傾げる。

「何か重なるのか？　パズルか？　俺は苦手だぜ」

「問題ないよ。端から期待してないって」

言ってリタチスタさんは少し笑った。

「地下で書き写した陣の文字列は曖昧《あいまい》だったり、意味が分からなかったりする部分があるんだ。それは異世界間の転移魔法ってことで私が理解出来なかったり見たことがないからだって思ってた」

でも、と今まで書き写していたインクの滲《にじ》んだ方の紙の一部を指差す。

「その不思議に感じられる文字列が、この大木に埋め込まれた陣にも存在してるんだ。そこを地下にあった陣とつなぎ合わせると……」

今度はバロウの家の地下で書き写した紙のとある部分を指差す。

「お互いの陣の一部が理解出来る内容になる」

指差した部分の二箇所がそれぞれ組み合わさって、意味のある文字列になる、ということなのは何となく理解出来た。

ガジルさんが言った通り、まるでパズル。

「ええと、つながるようになって、つまり……。どういうことでしょうか」

理解できなかったのは私だけでなかった。横にいる三人も小難しい顔を並べている。

「要するに一つの陣を分割してるってことだよ」

「分割？　それにどんな意味があんだ？」

「さあ？」

ガジルさんの問いに、まるで首のコリをほぐすかのような動きで首を傾げた。

「あんた同門だろ？　それなのに分からねえのかよ」

ガジルさんにとっては何気ない一言だったのだろう。けれどリタチスタさんは途端に眉間《みけん》に皺《しわ》を寄せて、ムッと怒りの表情をあらわにした。

「ずいぶん失礼なことを言うなあ、君。同門だからって仲間の胸中が悟れるのかい？　思考や行動が読み解けるのかい？」

「え、あ、そうか……。悪い」

素直に謝罪されたためかリタチスタさんの怒りは持続されない。すぐに小さなため息と共に吐き出されたのか、いつもの調子を取り戻す。

「まあいいけど」

言いながら地面に並べていた紙をかき集めて一まとめにする。

「とにかく分割されてるなら全て見つけ出さないと、地下でせっかく書き写したこの陣だって完成されたものじゃないってことだよ」

パシン。紙を弾くように叩く。

「でも地下にあったのが一つで、もう一つ見つけられたのがこのティクの森ってことは、分割された陣はそこそこな広範囲にあるようですし、他にいくつあるかの分からない残りの陣はどうやって見つけ出したらいいですか?」

「うーん……」

うなりながらリタチスタさんは大木、ここからは見えないバロウの家、それから手元の紙を睨《にら》んだ。

「バロウの家からここまでと同じ直線距離で結べるどこかにあるかもしれない」

「それはまたなぜだ?」

私も同じ疑問を持った。カルデノが私より一息先にその疑問をリタチスタさんに投げかける。

「君達の見たことがある陣って、形が丸いだろう。円形のはずだ」

「そうだな」

カルデノは頷《うなず》く。

この大木から波紋のように広がった陣も円形。レシピ本から出てきた陣もそうだ。

「魔法は色々……いや長くなるんで話さないけれど、円形の陣は魔法円と言ってとにかく完璧に近く円であることが望ましい。それと種類は違うけど他に三角形、四角形、六角形と、数多く基本的な形を持つ陣はあってね、いびつに見えるより均等や完璧が好まれる……」

前置きなのだろうが、話している言葉が分かっても内容が理解出来ないままに話が続いた。

リタチスタさんは地面の落ち葉を払って土を露出させると、そこへ適当な枝で綺麗に三角形を書いて見せた。三角形の中心には謎《なぞ》の丸印が一つ。

「中心の丸印は仮にバロウの家と思って見てくれ」

そして次に三角形の頂点の一つを枝先で指す。

「そしてここがティクの森の、この大木ってことにしよう。分かるかな、バロウの家である丸印から三角形の頂点三つへの距離は同じ。コンパスで線を引けば全て重なるように均等に配置されていて、これが魔法を使う者が好む形の法則の内の一つなんだ。バロウも例外ではないと思う」

三角形の中心を仮にバロウの家としたのは、陣の中心、核となる部分は自分の目の届く場所にしたいのが通常の心理ではないかと思ったからららしい。

だからこの仮定が正しかったとしても中心となる部分が違う場所なら探し直しになる。

「なら、バロウの家を中心に残りの陣を探してみるってことで決まりですね」

「ああ」

「どうせ俺らじゃあ見当もつかねえんだからな」

リタチスタさんの言った可能性はあくまで可能性ではあるものの、他にどうしようもない。

「限りなく正解に近いとは思うけどねえ」

魔法はもちろんのこと、バロウとも付き合いが長いリタチスタさんの自信ありげな言葉にはやはり説得力があった。

それからリタチスタさんは陣を書き写している途中なのを思い出したようにまた筆を紙に走らせてさっさと終わらせると、あっさりと帰ろうか、と言った。

「もういいんですか？」

「いいよ、陣だけが全てだし完璧に書き写したからね」

引き続き私達を手伝ってくれると言ってくれたガジルさんとはアンレンまで戻ってきた道の途中で別れて、あとは私達が宿へ戻るだけ。緊張感から来た疲れなのか身体的な疲労とは異なるが、一秒でも早くベッドへ体を投げ出してくつろぎたかった。

当然のようにリタチスタさんはバロウの家へ戻るのだと思っていたが、そんな気配がないまとうとう宿の前まで来てしまった。

「あの……」

「ところで」

リタチスタさんはまるで私が口を開くタイミングを待っていたかのように言葉を遮って、困ったような、ねだるような眼差しで、祈るように合わせた両手を右の頬《ほお》へ当てて、ワントーン高い声で言った。

「今日だけカエデ達の部屋へ泊めてくれないかい？」

「え？」

「何言ってるんだ？」

カスミでさえギョッとしてカルデノの肩の上からリタチスタさんを見ていた。

「え、だってバロウの家を今、使ってるじゃないですか」

「なあに言ってるんだ。書斎を壊した奴をいつまでも置いてくれるわけないだろう。その場で追い出されたよ」

「あー……」

そうだった。リタチスタさんは家に、そして地下に侵入したことをごまかすため、あろうことか書斎を破壊したのだった。あまりに突飛な発想とそして行動力だったため頭から抜け落ちていた。

「えー、と、今日一晩だけで大丈夫ですか？」

「もちろん！」

私がリタチスタさんが追い出された直接の原因ではなく、直接の原因はリタチスタさんが書斎を破壊したことだが、それでも一緒に地下へ侵入したのもあって突っぱねられなかった。

さすがに今は深夜。宿の受付はしていないだろうし、だからと言って私達の部屋に泊めるのを断ればリタチスタさんに野宿を強いることにもなる。

「じゃあ、あの、一晩だけどうぞ」

「ありがとう！　大丈夫。明日になったら改めて部屋を借りる。今晩のことは宿の人に説明して謝っておくさ」

二人用の部屋にベッドは二つしかなく、リタチスタさんを床で寝かせることは出来なかったため私はカルデノと一緒に狭いベッドで一緒に眠り、一つのベッドをリタチスタさんに譲った。

第三章　約束

翌朝、目覚めると私は床に落ちていた。

「ここ周辺の地図に、バロウの家を中心にした場合、あと残る二箇所の陣がどこかを記してみた」

おはようでも何でもなく、朝一番に目にしたリタチスタさんはそう口にして、床に転がった私へ地図を見せた。

昨夜は遅くまで外を出歩いていて起きるのがいつもより遅くなってしまった。

カルデノも私が起きたのと似たタイミングで起床したが、リタチスタさんはすでに身支度まで整えていて、何をどうしたのか陣のありかをあぶり出した地図まで作っていたのだから驚いた。

「えっと、とりあえず、おはようございます……」

「うん、おはよう」

本当に睡眠を取ったのか疑うくらいに血色のいい顔とブラシを通して整った髪、服の襟さえ崩れていない。

むくりと立ち上がって服をパッパと簡単に払う。いつから床で寝ていたのか、体に痛みを感じる。

「早起きなんですね、驚きました」

「ああ、同じ部屋に他の人がいるってのが慣れなくて、あまり眠れてないんだ。気にしないで。それより地図だよ、地図」

書き込みのされた地図を見せられた。

「バロウの家で見つけた陣と大木に埋め込まれた陣の欠けた文字列からしてやはり三角形だと判明した。だから残る陣はあと二つ」

「はい」

地図で見て、ティクの森以外のあと二つの印はアンレンから少し離れた川の近くと、アンレンの端も端、家もあるかどうか怪しいくらいの場所。

「なら今日はその地図を頼りに残る陣を探すんだな？」

カルデノが言うとリタチスタさんは大きく頷《うなず》いた。

「ああ。君達の友達の、昨日もいたガジル、だったかな？　ガジルが来たら探しに行こうか」

「その前にリタチスタは宿代を払わなきゃならないんじゃないか？」

そうだった、とつい忘れてしまっていたようで、ベッドを貸してくれてありがとうと言いながら、リタチスタさんは部屋から出て行った。

勝手に宿泊したことを伝え、自分で一部屋借りるために向かったのだろう。

その後はガジルさんと宿内で合流し、リタチスタさんが書いた地図のことを説明してからまずは川の近くの場所へ向かった。

目的の川岸は近くに道もなく人気もなく、伸び放題の草が膝《ひざ》ほどまであって歩きづらく、家を探すのとはわけが違って陣がどこに設置してあるのか探すのに手間取る。

この近くなのは間違いないが、四人のうちリタチスタさんしか陣の位置を認識出来ないのは問題だった。

「これ、見つけられますか？」

草の根分けて、をまさか実際に体験する日が来ると思わなかった。

見えない地面を探すようにしていたが、同じようにまばらに生えた細い木を一本一本調べていたリタチスタさんは少し考えて、口を開いた。

「バロウだって自分が探せなくなるんじゃ困るよねえ。ならちょっとでもいいから目に付きやすい物があったら知らせてくれないか？　それを調べてみよう」

なら、と最初に言い出したのはカルデノだった。

「あの岩なんて目に付きやすいと思うが」

指差していたのは、川岸の岩。私と同じくらいの高さで丸々とし、この辺で一番目立った存在。

リタチスタさんがさっそく岩を調べてみると、それに探していた陣が埋め込まれているようだった。

「これだ、あった」

「これがそうなんですか」

ティクの森では大木に、この川岸では大岩に陣は埋め込まれている。どちらも人の手じゃ簡単に動かせない大きな物。

「ああ、多分これだね」

リタチスタさんは大きな岩を指先でトンとつつく。大木やレシピ本と同じようにワッと陣が広がったが、ガジルさんも慣れたのか驚かずただ眺めていた。

「本当にありましたね……」

正直、半信半疑なところがあった。地図だけで散らばっている陣の場所が分かるんだろうかと。

リタチスタさんが言った通り三角になるよう配置されていることも、それをリタチスタさんが見抜いたことも感心せずにいられなかった。

「だから言っただろう？」

リタチスタさんは得意げに笑う。

「調べてみよう」

「ま、面倒なことに変わりないけど」

陣が分割されていること、分割された他の陣の場所の特定が出来たとしても、そもそもなぜ分割したのかがリタチスタさんにも分からないのだそうだ。

陣を分割するという手法をそもそも、少なくともリタチスタさんは聞いたことすらないとか。

「なんで面倒なことをしたのか、バロウに聞ければ手っ取り早いんですけどね」

私の言葉が聞こえていないのかどうなのか、地図を広げてブツブツと小さな声量で何か呟《つぶや》いている。

「ん……？」

ふと、カルデノが陣を見ていた目をフイと別の場所へ向けた。

「どうかしたの？」

「いや。今誰かいたかと思ったんだが……」

私もならうようにカルデノの視線の先を探してみるが、人などいない。

ここは遮蔽《しゃへい》物が少なく、あっても膝《ひざ》の高さ程度の草とまばらに生えた細い木。

とても人が隠れるのに適した場所でない。

「気のせいか、小動物じゃねえの？」

「ん、そうだな」

カルデノの言葉に反応して同じように辺りを見回していたリタチスタさんは、興味をなくしたようにまた淡々と陣を書き写す。

見つける陣はあと一つ。

それも地図を見ていれば簡単にたどり着き、今度はアンレンの端っこ。川岸があった方角とはまったく違う方向だ。

道の隅の人があまり踏まない地面に敷いてある石畳の一枚がそうだった。

石畳を覆うコケを少しむしってから、人の目を気にせずリタチスタさんは陣を展開し、それをまた紙に書き写す。

家も人も少ないとはいえ、まったくいないわけではない。ひそひそと近所の人がこちらを見ながら何やら話しているのも気になるが、私だって街中でこんな見慣れない物が広がっていればジロジロ見てしまう。

それより気になったのは、陣が埋め込まれていた物のこと。

「なんだか、動かせない物ばかりでしたね」

ティクの森では大木。

川岸では大岩。

街の端では石畳。

これがもし隠していただけの魔法石とかだったなら、リタチスタさんがサッサと回収するだけで終わりだったろう。

「言われればそうだね。大木も、樹齢が関係してるのかと思ったらこれはただの石畳だし。場所を少しでもしっかりとした三角に保つためかもしれないけどね」

　相変わらずどうして広範囲に陣を設置したのか分からずじまいなのだ。

　陣を書き写し終わったリタチスタさんは、展開していた陣を収めようとしたのか石畳に指先を触れたが、いつものように広がった陣に変わった様子がない。

「どうしました？」

「いや、ちょっと、陣が消えないんだ」

トントン、トントン。しつこいくらい叩いて、パッと、リタチスタさんはバロウの家のある方角を向いて目を見開く。

「あの、リタチスタさん？」

「こんの！」

　急に目を吊り上げ、かかとで陣の埋め込まれた石畳を踏み抜いた。

「どっ、どうしたんですか、急に⁉」

　踏み抜かれたと思った石畳は数センチ地面にめり込んだだけで割れたり、破損はしなかったが、常人に出せる力ではない。おそらく魔法か何かを使いリタチスタさんは意図的に石畳を割ろうとしたのだ。

「魔法が発動してるんだ！　バロウの家に向かってくれ！　私は先に行くから！」

「えっ、なんっ……！」

引き止める間もなかった。

ダッと数メートル走って飛び上がったかと思うと浮遊する魔法でも使ったのか、そのままの勢いで空高く弓矢のような勢いで飛び去ってしまった。

展開された陣は放置されたまま。

「カエデ、あれが見えるか」

カルデノが空を指差した。青空に紛れて溶け込むようで非常に見えにくいが、とても大きな陣が広がっていた。

「なにあれ……？」

石畳から広がった陣が、すうっと空に上がる。そして大きく広がった陣の輪の外径と外径が接してまるで歯車のように回転が噛《か》み合う。

魔法を止めるため、リタチスタさんは石畳を砕こうとしたようだが間に合わず、バロウの家に行くほうが手っ取り早いと判断したんだろう。

「ボサッと見てる場合じゃねえだろ！　行くぞ！」

「あ、ああ！　カエデ、背中に」

カルデノはハッとして私を背負うと、ガジルさんと共に全速力でバロウの家へ走り出した。

あのわずかな時間でリタチスタさんの姿は見えなくなっている。もうすでに到着したのだろうか。

「あれって転移魔法、だよね」

陣が、魔法が発動している。

転移魔法が発動している。

カルデノの背に乗ったまま、空を見上げる。

空の青に溶け込む青い陣。

そのせいか住人達は異変に気付いていない。

けれど私は違った。

心が乱れるようだった。

私が元の世界に戻るにはこれしかない、他の方法なんて一つもない。

それが空に広がっていて、待ってと今にも口から言葉が出そうになり、ぐっと喉が鳴った。

「カエデ?」

「私、帰れないの? あれって、だってバロウが転移魔法を使ってるんじゃないの。なら、バロウがこの世界からいなくなって、そしたらどうなるの、リタチスタさんに頼れば大丈夫なのかな、どうなるのかな」

真っ直ぐ前を向いたままのカルデノから、歯ぎしりの音がした。

「大丈夫だ。リタチスタも先に行ったんだ。何も心配いらない」

「ごめん、ありがとう」

自分で血の気が引いているのが分かる。くらりとめまいがする。

怖かった。

私をすこしでも安心させようとするカルデノの言葉を聞いてなお、今はただ自分の行く末ばかりが頭を埋め尽くす。

背中の揺れに身を任せていると見えてきたバロウの家。

ところがバロウの家の一角が爆発でもしたかのように、書斎が外からでも丸分かりなくらいむき出しになっていた。これは、リタチスタさんが破壊した跡なのだろうか。

その破壊された書斎にバロウ、外にリタチスタさんがいてお互いに睨《にら》みあっていた。

「来たね」

「遅くなったな」

カルデノが言うとリタチスタさんは軽く首を横に振った。

「私が速かっただけだ。気にしないでいい」

バロウは人数の増えたこちらが面白くないのか分かりやすく唇を噛《か》む。

「なんでここに……」

「なんでって、さっきも言ったじゃないか。たまたま散歩で来ただけだよ、私もカエデ達も」

「適当なことを言うな！」

怒りに任せて一歩踏み出した足にバロウはハッとして、それとなく元の位置に戻る。本人はばれないよう、気取られないように動いたつもりかもしれないが、それは私にさえ不自然だと分かる動きだった。

気になるのが、後ろ手に何かを隠していること。

バロウは本当に、魔法さえなければ平凡な男性でしかないのだとリタチスタさんの言葉を思い出す。

「白々しい。俺のことは。ほっといてくれ」

「これを見て、放っておけって？」

リタチスタさんはフンと鼻で笑って頭上を指差した。大きな陣はバロウの家を中心に広がっている。

「まさか分割したのが大きく陣を取るためだとは思わなかった。分割して、端でつないで引っ張って、こんなに大きな陣を作れるとは考えもしなかった」

「……探し出したんだろう、その陣全て」

「そうだよ。一つは壊そうとしたけどビクともしなかった」

リタチスタさんは大きく一歩バロウに近づいたが、バロウはその場から逃げることはしなかった。

「さすがに放っておけないな。聞いたよ、カエデのことは放置して前世の居場所へ戻りたいって？」

バロウはそれを聞いて私を睨んだ。

バロウ前世の話なんて私以外の誰がする、と目星を付けられたのだろう。実際そうだが私は睨《にら》みつける眼差しに少し怯《ひる》んだ。

けれど負けじと睨み返す。そんなふうに憎まれる覚えはない。自分が私に何をしたのか忘れているとは言わせない。

「そうやって脅すような顔をするなよ。そりゃあカエデだってバロウを信用出来なくて当然だろう？　私がバロウの情報をくれと言ったんだ」

「信用してもらえてるとは、最初から思ってなかったよ」

「負け惜しみかい？」

「違う」

バロウは苛立《いらだ》ちから目を細めた。

「カエデから聞いた話だと、なかなか通常味わうことのない苦痛だったろうとは想像だけなら出来る」

　共感しているような言葉だが、目はバロウの行動一つとて見逃さないような、鋭い目つきだ。

「けどなんでこの世界じゃダメなんだ？　こう言っても信じてもらえないだろうけど、私はバロウ達と一緒に、先生から沢山のことを教わるのが楽しかったし、それはバロウも同じかと思っていた。まあ君は部屋の隅っこで本を読んでる日が多くて、無愛想なことの方が多くて、うるさいと追い払われることもあったけど。それでも信用や信頼もあったじゃないか」

「信用や信頼なんて関係ない。どうでもいい」

「……ほう？」

　本当にどうでもいいのか定かではないが、その一言でリタチスタさんは片眉をピクリと上げた。

　先ほどと比べても目つきはまるで、今にも飛びかかる猛獣のように鋭く、剣呑《けんのん》とした雰囲気に変わる。

「俺は今までずっと一人で、生まれ変わったなんて誰に打ち明けることも出来ないでここまで来たんだ。報われたっていいだろ、故郷の土を踏みたいと願うことの何が悪いんだ。このために俺は生きてきたんだぞ」

「悪くないよ」

優しい言葉、優しい声色。猛獣の目をして優しげなリタチスタさんをバロウは不気味そうに見つめた。

「全然悪くない、君が先生との約束を忘れてさえいなければね」

「また約束……。だから言ったけど俺は先生と何も約束なんてしてない。お前の勘違いだよ」

「勘違いなんかじゃない」

食い気味に否定され、バロウは必死に記憶の中を探していた。

「先生が死の間際、君になんて言って死んだのか本当に覚えてないのか？」

「死に際……？」

信用や信頼がどうでもいいと言っても、自分の先生の死に際を覚えていないわけがなかったのだろう。バロウはそれまで思い出さなかったのが嘘《うそ》のように、あ、と口を開いた。

開いただけで、何を言うでもなくパクパクと動く口はリタチスタさんの目にどう映ったのか、表面だけに笑顔を浮かべた。バロウが約束を思い出したことが嬉しかったのか、はたまた取り繕ったのか。

「思い出したかい？　それで君は先生に何て返事したんだった？　それも覚えているだろう？」

「……そんなことで」

リタチスタさんに問われて素直に答えたりはしない、やっとしぼり出したみたいな、細い声だった。

　ここにリタチスタさんが立っている理由を理解した途端、バロウは到底信じられないと言いたげに表情をゆがめた。

「そんなこととは笑わせる。お互い様じゃないか。私は死人との約束一つ。君は死んでもう何のつながりもない別世界の土を踏むため」

　あ、これは訂正。リタチスタさんはピッと人差し指を立てて言いながらまた一歩大きくバロウに近づく。

「自分の念願のためカエデを巻き込んだのは、悪いことだね」

「………………」

　バロウは罪悪感にさいなまれる眼差しを私に向けてきた。そんな目を見たくない。今更なのだ。

「けど、それでも俺は諦《あきら》められない」

　バロウは後ろ手に隠していた何かを胸の前に出す。大きな晶石。見覚えのあるそれは私がホルホウでメロにもらった、珍しく大きな晶石。

「あっ……」

　私が手を伸ばすのと同時に、バロウは晶石を足元にゴトンと落として転がした。

　途端に、ズンと空気が重たくなる。まるで油の中にでも浸かっているようなまとわりつく気持ち悪さ。

「な、なに、これ⁉」

同時にバロウの足元に、自分一人だけを囲うような円が浮かび上がった。小さな円はよく見ればとてつもない密度の文字。陣だ。

「分かってたんだ、記憶が必要なことは。俺の前世の記憶はもう曖昧《あいまい》で役に立たない。だからカエデさん、キミの記憶を少しもらっておいた」

「か、勝手になにしてるの⁉」

いつ、どこで、どうやって。どれだけ怒りを滲《にじ》ませてもその疑問に答えてはもらえないだろう。

空気の重さにカルデノもガジルさんも苦しそうにしていて、カスミは私の肩にしがみつくようにうずくまっていた。

そんな中で一人、リタチスタさんだけは自分のあと数歩先にいるバロウを睨《にら》む。

ゴウと風が吹き上がる。

「俺一人ですまない。けど俺の家に異世界間の転移魔法について必要なものはすべて書き残してきた。リタチスタが探ってるのに気付いてたから、今やらないと取り返しのつかないことになると思ったんだ」

ここまで暴かれ今しかないと思って転移魔法を使おうとしていたんだ。

足元の陣が光を放って空の陣までつながる柱となり、その光の柱の中にバロウは立っている。

グラグラ揺れる視界でもなんとか、バロウをとらえ足を踏み出す。

「まっ、待って、待ってよ！　一人で行く気なの⁉」

自分だけが取り残される恐怖で叫んだ。

バロウなしで本当に元の世界に帰れるのかだって分からないのに。

「そんな無責任なことってないでしょ！　なんで！　なんで！」

あの光の柱がきっと、この世界とバロウを隔てている。そんな気がした。

壊れた家の瓦礫《がれき》を越え、溢《あふ》れる物を避けてやっとのことでバロウの目の前にたどり着き手を伸ばした。私もそちらへ行きたかった。自分一人だけが望んだ通りの道をたどろうとしているのが腹立たしくて悔しくて。

でも、バロウを包む光の柱は質量を持って私の手を拒んだ。

「え……」

まるでガラスでも触っているみたいに、手は光をすり抜けない。バロウは私を見下ろしている。

「……すまない」

変だ。

悪いことをした奴が罪悪感にまみれた表情をするなんて変だ。これは子供のいたずらじゃない。

自分が起こす行動がどんな結果を招くか、私がどうなるか、簡単に想像出来るはずなのに。

笑って、泣いて、怒って、家族がいて、友達がいて、誰かに期待されて、何かに期待して、これからの未来に思いを馳せる十七年の人生を生きた人間を一人、歩いたって飛んだって帰れない、知らない土地に放り出したくせに。私が死んでたってきっと別の人を呼び出したくせに、どうでもいいくせに！　どうなったっていいくせに！

すまない？

当然だ、済むわけがない！

なのに私の手じゃ何も出来なかった。

何度叩いても何度蹴っても光の柱はビクともしない。

「なにを勝手に行ける気でいるのかなあ！」

私の後ろから光の柱へ、拳が飛んできた。

リタチスタさんだった。

リタチスタさんの右手の拳が光の柱を殴った。すると柱はみるみる細かいヒビが入り、弾けて霧のように霧散した。

たった一瞬のことで風が止み、光が消える。

場は沈黙で満たされた。

「ど、どうなってる……」

沈黙を破った震える声は、バロウのもの。

「なんで、なんで注いだ魔力が消えたんだ！　リタチスタ！」

バロウはリタチスタさんに掴《つか》みかかった。

「私はお前をその故郷とやらに帰してやる気はさらさらない」

力いっぱい肩を掴まれているだろうにリタチスタさんは抵抗らしい抵抗を見せない。悔しそうにゆがめたバロウの疑問に答えないまま、ただ無表情に見た。

「お前の許可なんていらない！　今回の準備まで今まで、どれだけの時間を費やしたと思ってるんだよ！」

怒り狂うバロウの剣幕はすさまじく、歯をむき出して声を荒げる。

でもそんな様子がおかしいのかリタチスタさんはにんまり笑ってバロウの胸倉を両手で掴み、逆に逃がさないよう固定した。

「そうだね、必要な魔力を集めるだけでどれほどかかったかな。何回改良を重ねただろうね、何度頭を悩ませただろうね、大変だったろうね。幼い日から今までどれだけの時間を費やしただろうね。何をどれほど犠牲にしただろうね。でもお前が先生との約束を忘れていたんだと確信した瞬間からこうなることは決まってた。約束なんて、しなければ良かったんだ」

バロウは歯を食いしばって泣きそうになりながらリタチスタさんから手を離す。リタチスタさんも突き飛ばすように手を離し、その勢いでバロウはフラフラと数歩後ずさって地面に膝《ひざ》から崩れる。

「なんだってんだよ……」

それからリタチスタさんは放心状態のバロウを半ば引きずるようにして、壊れた書斎からバロウの家へ入ったので、私達もここに残されるわけにいかずついて行く。

バロウは今日転移魔法を無事発動させる計画だったのだろう。すでに身の回りの片付けが済んで、家の中はこざっぱりしている。

「ちょうど良い。バロウ、この世界から姿を消すつもりだったんならもう、どうなったって構わないね？」

「……俺は、でもまだ……」

言いかけたのにリタチスタさんは乱暴にバロウを床に放って、尻餅をついた状態のバロウの目の前で屈んで視線を合わせた。

「うんそうかそうか、もう何もかもどうだっていいか！　よしなら今からギニシアへ行こうか！」

「は？　ギ、ギニシアなんて、何しに」

バロウはギニシアに行くと聞いて、苦々しい表情を見せた。

「先生の墓前に両膝《りょうひざ》ついて陳謝するんだ」

「……それで先生が許してくれるって？」

口角の片方を吊り上げて見上げるようにリタチスタさんを睨《にら》む。

「そんなの知るか。先生はもう逝去されたんだから言葉を話さない、許す許さないなんて感情もないよ」

普段より幾分低い声に、バロウは怯《ひる》んだ。

「なら、なんで」

「そりゃあ私の気が少しは晴れるからね」

かと思えばまた普段の調子。

「はん、先生の墓を使って身勝手なこったな」

今度こそ馬鹿にしたような笑い方をしたバロウに、リタチスタさんは拳を高く振り上げて口だけ器用に笑って返した。

「ハハハ、なら今すぐ先生のもとへ行って直接謝罪するかい？　君がまた生まれ変わるか興味があるなあ。今度は前世と同じ場所に生まれ変われるかもしれないぞ」

「……いっ、いやいらない」

ゾッと、バロウの顔色が青ざめた。

「怯《おび》えるなよ、冗談だろう？」

表情の中に、明らかに無機質な冷たさがあった。

「せ、先生への謝罪が済んだら俺はどうなる？　今のお前を見ていると冗談抜きで殺されかねない」

「決まってるだろう。カエデを元の世界へ返してあげる手伝いをしてもう。そういう約束なんだ。私は約束を破らないからね」

「………」

約束という単語に敏感になっているのか、バロウはビクリと肩を跳ねさせ、口を閉ざした。

「あ、当然、君もカエデと一緒に行くなんて無理だぞ。先生との約束は果たしてもらうから」

「約束って、研究を引き継ぐこと、だったな」

いつまでも尻餅をついているわけにもいかず、バロウは立ち上がろうと床に手をついて体勢を立て直す。

「よかった、本当に思い出せてたんだね」

リタチスタさんは立ち上がろうとするバロウに手を貸そうと差し出したが、バロウはその手をバチンと強めに弾いて一人でスッと立ち上がる。

「そんな約束あんまりだろ」

「なにが？」

「先生の研究は常に最良を追い求めるものだった。なら、それは死ぬまで研究は終わらない。もし約束を履行するんなら俺が元の世界に戻るなんて出来ないじゃないか」

リタチスタさんは、バロウが元の世界に行きたいと願って実行すること自体はとがめていない。約束を果たさずいなくなることをとがめている。

約束さえ果たせばどうしたって構わないと言いながら、バロウの異世界間転移は不可能なものだ。それを理不尽だ何だとリタチスタさんに説いたが、リタチスタさんは小さく首を傾げた。

「だから言っただろう。約束なんて、しなければ良かったんだって」

バロウは今度こそ何も言わず、うつむいた。

私も思うところがあった。もしバロウがアルベルムさんと約束せず断っていたなら、約束にここまで執着するリタチスタさんは今ここにいなかった。バロウはあのまま私の目の前から消えていただろう。

気が付いてゾッとした。

「どうせ今ので魔力は溜め込んでた分まで全て使ってしまったんだろ。私やバロウだけでおいそれと準備出来る量じゃない。そこで、ギニシアに行けば先生のかつての弟子達が集められるから、協力してもらおう」

「え、じゃあ本当に今からギニシアに戻るってことですか？」

「そうだよ」

冗談も本心も全てがごちゃ混ぜなリタチスタさんなのでどうだろうと考えていたが、すぐギニシアへ行くことは本当のようだ。

「私達は先に行ってる。すまないけどカエデ、地下のあの布を念のため回収しておいてくれるかな。それから準備が出来次第追いかけて。関所を通って国境の街のルドで待ってるよ」

「は、はい、……分かりました」

嫌がるバロウを引きずって再び壊れた書斎から外に出て行ったリタチスタさんの背中を見送り、怒涛《どとう》の展開でろくに口も開けなかった私達はそろってため息を吐いた。

「魔術師って、強烈なんだな。俺今まで勘違いしてた」

ガジルさんは額の汗を拭った。

「リタチスタさんのことを言ってるなら、多分あの人は特別だと思います……」

バロウは結局、リタチスタさんが目論んでいた通り魔法を阻止された。リタチスタさんもこれが目的で私を必ず元の世界に戻すからと約束してくれていたし、私にとって不利益は一つもない。

けれど妙な気分。バロウが転移魔法を使えなかったからってあざけったりしないし、だからといって安心感もない。ただ心臓がドクドクといつもより大きく脈打っていた。

私達三人は壊された書斎に戻って景色の良くなった部屋を見渡す。

「リタチスタの言っていた地下はどこに？　この書斎なのか？」

カルデノが足で小さな瓦礫《がれき》を転がしながら言った。

「うん、こっちだよ」

幸いこの状況であっても地下への入り口はふさがっていなかった。クローゼットの床を上げると地下へ続く穴が姿を現したことでカルデノとガジルさんはそろっておお、と声を漏らす。

ココルカバンから出したランタンに火を灯して、それをガジルさんがヒョイと取り上げた。

「暗くて危ねえから俺が先に行く」

「はい、じゃあお願いします」

真っ暗な穴は怖くて、最初の一歩を梯子《はしご》に下ろすなんて私には出来る気がしない。

地下に下りて、リタチスタさんが書き写していたあの布を畳んでココルカバンに詰め込む。

これで良しと梯子へ向かう時、ガジルさんが物珍しそうにキョロキョロしているのが気になった。

「どうかしました？」

「いや、こんな魔術師の、何て言うんだろうな、工房みたいなのを初めて見るからな」

この箱なんだろうな、とガジルさんが蓋を開けたのは、前回来た時私が確認した、晶石しか入っていない木箱だった。

「あれ、残ってる……」

てっきり先ほどの魔法のために使い果たしたかと思っていたが、もしかしたらこれ全てが、足りていたにもかかわらず私達を遠ざけるために買いに走らせた分なのかもしれない。

「へえ、ならもらって行こうぜ。どうせここ、もう誰も戻ってこなさそうな雰囲気だったじゃねえか」

リタチスタさんが私に約束してくれた、必ず元の世界へ帰ること。そのためにもきっとまた沢山の魔力が必要になるだろう。

この木箱に入った晶石に魔力が入っているのかいないのかは判断出来ないながらも、こうして保管するくらいなら使えるものだろうともらっておくことにした。

探せばあるもので、バロウの家にあったココルカバンを使って無事全ての晶石を持ち出した。

心残りなく身支度を整え、ギニシアへ戻るため駅に到着し、私達は見送ってくれたガジルさんと少し話をした。

ここからルドまでの道のりは遠く、リタチスタさんの空飛ぶ荷台があれば早かっただろうが、きっとバロウと二人で話したいこともあるんだろう。

「色々とお世話になりました」

頭を下げるとカスミもココルカバンからコソッと手を出して大きく振った。それに応じるようにガジルさんはニッと笑顔で歯を見せた。

「世話になったな、ガジル」

「おう、気にするな。俺も楽しかった」

一拍置いて、本当は、と再度口を開く。

「俺も一緒に行こうかなーとか考えてたんだけどな。別の世界がどうとかってなんか面白そうだし」

「面白そうですか？」

それはまあ、いきなり言い出されたら興味はわくだろう。私だって自分のことでなかったら……。いや自分のことでも今までない光景に心躍ったのは一度や二度じゃない。

「おっと、あんたはそれで大変な目に遭ってんだったな。軽口言って悪い」

いいえ、と私は首を横に振った。

「……カルデノと会ったのが、あんたで良かった。元の世界に帰っても心残りがないよう、これからも仲良くしてやってくれ」

初対面ではお前がカルデノの友達なんて冗談だろうという表情だっただけに、こう言ってもらうのは嬉しかった。

「おい、親みたいなことを言うな。もう行こう、カエデ」

照れ隠しなのか余計なお世話と思っているのかカルデノは顔を大きく背けた。

馬車の時間も迫ってきて、私は最後にもう一度挨拶《あいさつ》をした。

「じゃあガジルさん、本当にお世話になりました」

「ああ、元気でな」

カルデノも最後に何か言わなくていいのかな、と外に一足早く向かっている背中に目を向ける。カルデノはピタリと足を止め、振り返った。

「ガジルも、元気でな」

「おう、また遊びに来いよ」

私達は馬車に乗り込んだ。

ルドからアンレンへ来た時と同じ、私達は三日を要してルドまで戻ってきた。

相変わらず行列を作っている関所を抜けて、待っていると言っていたリタチスタさんを探さなきゃと意気込んだのだが、リタチスタさんは関所を抜けてすぐの場所でバロウを連れて立っていた。

「やあ、お疲れ」

手招かれて素直に向かう。

「お待たせしました」

「いいやこのくらいで普通だろうさ。疲れているとは思うけどすぐにでも発ちたい。構わないかな？」

「はい、大丈夫です」

リタチスタさんはバロウを捕まえてから行動が早いように思える。早くギニシアにつれて帰りたいのか、それともアルベルムさんに謝らせたいのか。

「…………」

バロウは何も言わず、自分のつま先を見るみたいにうつむいている。

「ところで、あの……」

私はバロウに目をやった。気にするなと言われても無駄なほど、背負っている空気が重たい。

なんて聞いたらいいだろう。

そんな考えを汲み取ったようにリタチスタさんから口を開く。

「ああバロウ？　落ち込みもするだろうね」

リタチスタさんは、どこかつまらなそうな目でバロウを見た。

「じゃ、出発だ」

ずっと、ずーっと、移動中まるで顔を上げないバロウが気になって仕方なかった。リタチスタさんの飛ぶ荷台は軽快に確実に進んでいたのにバロウだけがズンと床にめり込みそうなほど暗く重い雰囲気を放っていた。

カスミはずっと隠れていたのでいいとしても、心なしかバロウを除いた私達三人の口数が減った気がした。

でもそれもこれまで、と到着した荷台から下りて王都の土を踏む。

時刻は早朝。澄んだ空気を吸い込む。

「ついたぁ」

もしかしたらもう二度とここへは戻ってこないかもしれないと思っていたばかりに、落胆とは違うが全身から力が抜け落ちるような感覚に見舞われた。

「カエデ達は後で迎えに行くから、家で待ってて」

一旦リタチスタさん達と別れ家へ久々に戻ることになり、やっと活気づいてきたばかりの道を歩きながら、一つ心に引っかかっていることがため息として出てしまった。

「カエデ？」

「え？」

心に引っかかっていることとはアイスさんのことだった。変な別れ方をしてしまったために、まさかその辺でバッタリ出会ったりしないだろうか、もし会ってしまったらどんな顔をしたらいいのか、とビクビク怯《おび》えていた。

「具合でも悪いか？」

「乗り物酔いしたなら少し休もう」

「そんなことないよ。大丈夫」

「……そうか」

カルデノは私の様子がどうしておかしいのか分からないようだったが、さすがにまだ帰ってきてから会ってもいないアイスさんが怖くて、と言い出すのは情けなくて教えることが出来なかった。

幸いアイスさんと出くわすなんてなく家へ到着してすぐに思ったのは、住んでいたと時と違って温度がないなということだった。

帰ってこないことを考えて片付けられる物は片付けて、持って行ける物は全てココルカバンに詰め込んだ。

だから生活感がなく、とても暗く感じる。光の加減とかではなくて雰囲気が室内を暗く感じさせるのだろう。

「私達にとって少し、長い旅だったな」

カルデノは薄くほこりの積もった椅子を引いて座った。

「うん。そうだね」

同じ場所に戻ってしまったとは言え今はもう元の世界への手がかりどころか、元凶を見つけ出した。だから王都出立前とはまるで状況は違う。

私もカルデノの向かいの椅子に座って、カスミはテーブルの上でつま先を使って積もったほこりに落書きして楽しんでいる。

「カエデは、きっともうすぐ元の世界に帰れるな」

「え、うん。きっとね」

軽い世間話みたいなのが始まるんだと思った。

「カエデが帰りたいと口に出すたび、漠然と考えてたんだ。私はどうするんだろうって」

「どうするって、私が帰った後？」

カルデノは頷《うなず》いた。

軽い世間話とは言い難くて深い話だった。

「私は奴隷《どれい》として故郷を出て、それからまあ色々あって、カエデと会って、カエデが元の世界に帰るために走り回って、今は奴隷でなくなって、じゃあ今度はカエデが帰ったらどうだろうと思って」

カルデノには私の用事にずっと付き合ってもらっているようなものだったから、カルデノがやりたいことや、何か目標にしていることとか、そういった類のことを何も知らないのに気付いてしまった。

「カルデノのやりたいことはどんなことなの？」

「ん、やりたいことか……。なんだろうな。……聞かれても今は何も思いつかないな」

「そっか」

悲観した表情ではない。未来の自分を思い描いているのだろう、穏やかに、ゆるやかに口は弧を描く。

「カスミは、何かやりたいことがあったりする？」

「やりたいこと？」

つま先で落書きするのはやめたらしい。小さな歩幅でトコトコ私とカルデノの間に立って私の顔をじっと見上げる。

「そう。私が帰ったあと、どうするのかなって」

「カエデ、帰るの……」

カルデノとは違って、カスミはキュッと口を結んだ。

「うん。私も寂しいけど、でも帰りたいの」

しゅんと肩を落としたかと思うと、次には勢い良くカルデノを指差した。

「ん？　私か？」

「え、えっと……？」

カルデノを指差した理由が分からなくて首を傾げると、カスミはカルデノに近づいて、ツンツンと腕を突いた。

「カルデノと！」

小さい体から、精一杯の大きな声。私とカルデノはカスミの主張を聞き逃すまいと耳を澄ませた。

「カルデノと、旅にでる！」

「え？」

「え？」

いつの間にそんな話をしていたのかなとカルデノに目をやると、目が合ったカルデノも予想外だったのか、そんなの聞いてないと首を横に振った。

「カスミは行きたい場所があるの？」

「世界じゅう！　ぜんぶ！」

「全部⁉　えっ全部⁉」

「そう！」

いつにも増して元気が溢《あふ》れるカスミは頬《ほお》を紅潮させ目を輝かせていた。

「海、にんぎょ、街、景色、おいしいもの。沢山あるってしらなかった。ずっとここにいたから、もっと沢山みたい！」

この家は私が買った時にすでにカスミの根城だった。どこから来てここにたどり着いて、いつからいたのかは聞いたことがないけど、でも今回の旅はカスミに大きな衝撃を与えたらしい。

胸の前で祈るように両手を組んでウットリと目をつぶっているのは、様々な光景を思い出しているのだろうか。

「なら、カルデノに一緒に来てくれるか聞いてみないと」

妖精であるカスミが危険なく旅をするとなると圧倒的な力を身に付けるか、今回の旅のように荷物に隠れて移動するしか方法はないだろう。

カスミも分かっていたからこそカルデノと旅をすると言ったのだ。

それにはカルデノの了承が当然必要になる。カスミはハッとして両目を見開き、不安そうにカルデノを見上げた。

「い、いっしょに、旅、どう？」

「うん、いいかもな」

カルデノはアッサリ頷《うなず》き、カスミは了承を得られて嬉しそうに笑った。

「カエデは？　帰ったら何をしたいんだ？」

「私っ？」

まさか同じく私も質問されるとは考えなかった。

「うーん、うーん……」

これでもかと頭をひねって、ごまかすように苦笑いした。

「あれ、これって意外とすぐに答えが出てこないね？」

「ふふ、そうだな」

本当は、真っ先に思い浮かんだのが両親へただいまと伝える。それだけを、何となく恥ずかしくて口に出来なかった。


家の扉がノックされたのは、それから数時間後のことだった。

「やあ、待たせたね。手間だけどこれから先生の資料庫へ行こう」

リタチスタさんだけが元気に口を開いて、バロウは相変わらずぼーっと目だけが地面に向いていた。

魂が抜けてしまったんだと言われても信じてしまいそうなくらいに活力がない。

構わず気遣わずリタチスタさんはバロウを引きずって、私達と共にアルベルムさんの資料庫へ案内される。ここへ来るのは二度目になる。

以前見た時と変わらず、あまり掃除の行き届いていない落ち葉の積もった道を四人で歩く。

見えてきた資料庫の入り口までたどり着いて、リタチスタさんがノックするより先に、中から慌しい足音が聞こえてきて観音開きの扉がバンと壊れるほどの勢いで開いた。

「待ってたよ、バロウ！　それにリタチスタ！」

この資料庫の管理人であるシズニさんが歓喜に頬《ほお》を紅潮させながら、元気のないバロウの手を取っておもちゃに喜ぶ子供のようにブンブンと上下に振り回す。恐らく握手なのだろう。

「おや私はオマケかい？」

寂しいな、とリタチスタさんは分かりやすく唇をとがらせてすねる。そんなリタチスタさんにシズニさんはやれやれと言いたげな困ったような顔を見せる。

「リタチスタは前に顔を見たからいいんだ。それよりバロウだ、元気にしていたかな？　久しぶりだね、随分と疲れた顔をしてるじゃないか。顔色も悪い。ちゃんと健康的な食事を心がけなきゃ。不摂生がたたってるんじゃないかい？　三食食べてただろうね？　日ごろからお酒を飲みすぎたりしてない？」

「え、あ、ああ……、大丈夫だ」

シズニさんがバロウとの再会を喜んでニコニコと笑顔で話しかけているのに、バロウはどこか遠慮がちで、久々に聞いた声はネズミのように小さい。

「こうしてまた顔を見られたのは嬉しいが、リタチスタと一緒に来るなんて少し意外だったよ」

この場で積もった感情が爆発しそうなシズニさんを、リタチスタさんはまあまあと制し、シズニさんとバロウの間に腕を割り込ませた。

「とにかく今はお客さんが来てるんだから、こちらを優先してくれよ」

自分で思っていた以上に興奮していたのか、シズニさんは恥ずかしそうに屋内へ引っ込んで私達を中へ招き入れた。

「すまないね、お客さんも来たのに。年甲斐《としがい》もなく騒いでしまって申し訳ない」

「いえ。久々だったなら仕方ないことですから」

シズニさんは私とバロウを見比べるような動きで交互に目を向けて、小さく頷《うなず》く。

「バロウにこうして無事会えて良かった」

シズニさんは私がバロウを探していると知っている内の一人だから、以前ここに来てあれこれ質問したことを当然忘れていない。

そんな私の隣にバロウがいればこその反応。

「はい、シズニさんはもちろん、他にも沢山の方にお世話になってなんとか見つけることが出来ました」

小さく頭を下げるが、いやいやとシズニさんはすぐに私に頭を上げるように言った。

「僕はそれほど貢献出来てはいなかったよ。むしろリタチスタと一緒になって探してくれてありがとう。またバロウに会えて嬉しいからね」

「…………」

バロウは自分のことを話題にされているというのにやはりしんなりとして顔を伏せて、そんな様子だからシズニさんは何を言おうかと迷ってしまって口を閉じた。

しかしリタチスタさんはバロウやシズニさんにお構いないしでコホンとわざと咳払いをして自分に注意を向ける。

「シズニ、ここの資料庫をしばらくの間貸してくれないかな」

「貸す？　もちろん」

「ありがとう。助かるよ。借りるっていうのはここを研究所としても宿としても使わせてもらうって意味だから、そこのところはよろしく」

「え、ここを宿に？」

本当にここを？　ともう一度確かめるため床を指差したのは、宿として使えるほど上等な設備などないからだろうか。

でもリタチスタさんがウンウンと数回頷く姿を見て、納得したようだった。

ここから近い場所に宿を借りればもっと快適に過ごせるだろうしお金に困っているふうでもないから、シズニさんにとってなおさら疑問だろう。

「で、ここを借りたい理由は、ちょっと今までと違った転移魔法を完成までこぎつけたいと思ってて」

「え⁉　もしかしてバロウとリタチスタが一緒に？」

「んー、まあそんなところかな」

実際は一緒にどころかリタチスタさんは一度バロウの転移魔法を阻止したわけだが、そんなことはおくびにも出さない。

「すごいなあ、バロウはアルベルム先生との約束、忘れてなかったんだね。先生もきっとお喜びのことだ」

シズニさんはバロウの姿を長いこと見ていなかったから、自然と口をついただけだろう約束という単語。

けれどバロウは居心地が悪そうにハハとカラ笑いしただけに留まり、言葉らしい言葉もない。

ここまでシズニさんが期待しているのは、バロウとリタチスタさんがアルベルムさんの弟子の中でも目立った存在だったためなんだろう。

「仲間にも手紙を出しておこうか。何か協力出来ることあるだろう！」

手紙の送り先を指折り数え出すと、リタチスタさんがいや、と言って止めた。

ワクワクして片手で人数を数えたところだったシズニさん。

「それは少し待ってもらえないかな」

「どうして？」

「まだ、今は知られたくないんだ。全員に知らせるのは完成してからにしてもらえないだろうか？」

「ええ⁉　しかしだよ、バロウもリタチスタもそろっていてしかも新しい形の転移魔法まで作ってるっていうのに、本当に知らせないのかい？」

「ああ。人数がいるとかえって混乱を招くし、もし失敗なんてことになったら、恥ずかしいだろ？」

さすがに魔法に関する知識を持つ人達が集まってくるとリタチスタさんも異世界間の転移魔法を隠すのが難しいのだろうか。

分からないがシズニさんもリタチスタさんが人を集めるのを拒んだことに若干の違和感を覚えたらしく、それでも理解を示すような言動を見せる。

「……何か考えがありそうだね。分かった」

「すまないね。あ、でもこの人達には連絡してもらっていいかな？」

サラサラと紙にいくつか名前を書いてそれにシズニさんに手渡す。

「これは……」

シズニさんは紙に書かれた名前に目を通す。

「バロウが帰ってきてるぞって、伝えてほしいんだ」

自分の名前が出たこと、誰に宛ててなのかが不明なことでバロウの表情に不安が滲《にじ》んだ。しかしバロウは誰に連絡を取るのかとも、手紙に何と書いて出すのかとか、一切聞かないまま。

「ああ分かった。今すぐ手紙を出そう」

「ありがとう、シズニ。きっと必ずバロウの顔は皆に見せてやるから、今だけは勘弁してくれ」

「ああ、大丈夫だよ。勢い余ってばらしたりもしないし」

「ならバロウ目当てで押しかけてきたらシズニを真っ先に疑うとするよ」

大丈夫だと念を押して、それじゃあ、とリタチスタさんは話をかえた。

「今この資料庫で一番片付いている部屋はどこ？　そこを使わせてほしいから、あまりシズニの仕事に差し支えない場所がいい」

「二階の一番奥の部屋かな。僕一人だと使い勝手が悪いから、全然行ってないし昔とあまり変わりないよ」

「なるほど。ならそこを資料庫の中の小さな研究所とさせてもらおうかな」

ついて来て、とバロウの服を引きながらリタチスタさんに手招きされ、私達はその後ろに付いて目的の部屋まで向かう。

出入り口正面の扉の先に小さな踊り場を挟んでくの字に右曲がりの階段があって、二階に進む。一階と違いほこりくさい二階は階段から一本道で左側には窓、右側にはいくつか部屋があるようで扉が等間隔にならんでいて、その一番奥の部屋の扉をリタチスタさんが開けた。

真四角い部屋だ。

出入り口の数十センチ左側は壁で、その壁に窓。窓は白いカーテンで閉め切られていて薄暗いのを、リタチスタさんは躊躇《ちゅうちょ》なく開け放った。

「ここがシズニの言ってた部屋か。うん、ほこりっぽい」

資料庫は物が多く、部屋の面積が広くても狭く感じるような印象だったのだが、この部屋は逆に殺風景。

窓の近くにほこりが積もって色あせた椅子が一脚と、部屋の隅に縁に雑巾の引っかかったバケツ、バケツの中に箒《ほうき》が二本刺さった物が放置されているだけ。

「あ、あの、ここで私が帰るための魔法を？」

「そう。で、カエデは多分ここから帰ることになるんじゃないかな」

「ここから……」

期待に膨らむ胸。しかしバロウはずっと私とは対照的にどんどん顔色が悪くなってる気がする。

「けど、先に掃除しとかないとね」

床だってリタチスタさんが開け放ったカーテンだってほこりだらけなのがさすがに気に

なる。

「そういえば、カエデ、回収を頼んだ布は？」

バロウの家の地下から回収するよう頼まれていた、陣の書かれた布。

ココルカバンを漁って布を引っ張り出し、リタチスタさんに差し出す。

「ここにあります。どうぞ」

リタチスタさんはありがとうと言って布を受け取る。

「カエデが地下から持ってきた晶石も助かったし、正直この先はカエデ達に頼むことってないな」

「え、ひとつもですか？」

自分が帰るためなのに、これからなにも？　まだ手伝えることがあるかと漠然と予想していた。

「だって、あとはカエデが帰れるようにバロウから色々と聞き出しながら陣を作り直して、転移魔法のために魔力を溜めることが主になるはずだから。カエデ達に魔法は分からないだろうし、カエデは魔力もないし」

なるほどそれはまったく手伝えることがない。

そういえばと私は思い出す。

バロウをギニシアに連れて来る時リタチスタさんは、魔力をアルベルムさんのかつての弟子に協力してもらって集めると言っていた。実際シズニさんに連絡を取ろうかと提案されてそれはリタチスタさんが指定した人物達以外は断っていたし、そうなると魔力を集めるのも一苦労では、と思いついた。

「なら、私が魔力ポーションを作るのはどうですか？」

「魔力ポーション？」

リタチスタさんは首を傾げて。バロウがその後ろでギョッと目を見開いた。

「え？　はい。あの、レシピ本に……」

「聞いたことがない。まさか、バロウが？」

訝《いぶか》しげにバロウに目を向けるとリタチスタさんに怯《おび》えているのか魔力ポーションについて聞かれるのが嫌なのか、ビクリと肩が跳ねた。

「そ、そうだよ。便利だろ、魔力がすぐ回復したら。隠匿書で作った中に載ってる物なんだから俺が作れるに決まってるだろ」

「君って奴は魔法に関してつくづく努力を惜しまないな」

魔力ポーションを誰も知らないなとは思っていたが、まさかバロウがこの世界で初めて魔力ポーションという存在を作った人なのだろうか。そうだとするととてつもない偉業を成したと言わざるを得ない。

「魔力ポーションって、世界初なの？」

「いや、そうじゃないけど……」

聞けば違うらしいが、バロウはそれ以上は何も言いたくないのか目を逸らしてしまう。

変わりにリタチスタさんが口を開いた。

「魔力ポーションって名前ではなかったと思うけど、魔族の間では見かける代物なんだよ」

「魔族ですか」

リタチスタさんは頷《うなず》いた。

「バロウはコトル大陸に魔王の討伐に行ったろう。その、魔王が属する種族だよ。バロウはどこかで魔力ポーションと似た物を見て参考にしたんじゃないかい？」

「まあ、そうだけど。……よく分かったな」

「誰もが目にすると便利とは思っても、バロウにとってのキッカケはそれくらいかなと思ってね」

リタチスタさんもバロウが魔王の討伐に行ったことは当然知っていて。そこから導き出した推測だったらしい。

「で、作るのに材料は何が必要なの？　その辺でそろえられるものだと助かるけど」

バロウに詰め寄る。

「マンドラゴラの花と、アモネネの蜜だよ。回復する魔力量はマンドラゴラの花にどれだけ魔力が蓄えられてるかで左右されるし、アモネネも出来れば長生きした質の良い物を使いたい」

「その二つだけ？　と言っても、簡単そうで面倒な材料が必要だね」

どちらもお店に売ってることは売ってるが、数は少ない。マンドラゴラも花にだけに需要がある品でないから、確実に花の咲いているマンドラゴラなんて運が良ければ手に入るようなもの。

それら全て、以前魔力ポーションを作るため手に入れる時に痛感していた。

「材料なんて気にせず、完成した魔力ポーションがお店に売っていれば楽なんだけど」

「え」

頭によぎったのは、アイスさんの顔。

アイスさんは私の作った魔力ポーションをとても気に入り、レシピなんて言えないが、私から魔力ポーション製造の権利を買った。

アイスさんならもしかして、もう魔力ポーションを量産しているのではないだろうか。

「ん？」

リタチスタさんは目ざとく私の変化した様子に気が付き首を傾げる。

「何か気になることでも？」

かくすことではないし、もしアイスさんが魔力ポーションを完成させているなら、私がチマチマ材料を集めるよりずっと早く買い取ることが出来るはずだ。

「商品化してるかは分からないんですけど、その、心当たりが……」

「ほう、心当たりがねえ」

「はい、ただ私にとってすごく顔を合わせづらい相手ではありますけど」

「それはまたどうして？」

「……………」

言いづらいものの、アイスさんとの関係から話し始めるから少し長くかかりますけど、と前置きして、構わないよとリタチスタさんは一脚だけあった薄汚れた椅子に一人腰掛けた。

そして私が顔を合わせづらく感じている理由を話し終わると、リタチスタさんはあごに手を当てた。

「ふうむ、なるほど。カエデには態度が急変して見えたんだね」

「して見えたんでなくて、実際に変わったんです……と思います」

自信がない。変わったはずだ、あれがアイスさん本来のもので私にはうんと良く接してくれていたとしても、私にとって変わったのに違いはない。

「顔を合わせづらい相手なんて、生きてればこの先何人も出来るもんだよ。そのアイスがカエデにとっての一人目だってだけだろうからねえ」

でも、と口にした。

「すでに生産体制が整っているのなら、そちらの方が確実に効率が良いんだよなあ……。

カエデ」

　と私を指差した。

「まあ確認して来てくれよ」

「ええ!?　私ですか！　今の話聞いてましたよね？」

「カエデしかいないじゃないか。バロウはまた一人でどこかに行こうと画策してるかもしれないし」

「……」

　バロウは何も言わずだんまり。

「でも今言った通り会いづらくて」

「何か出来ないかと先に言い出したのはカエデじゃないか。そのアイスに会って魔力ポーションを安定して作れるのか、渡せるかの確認をして。で、また完成の段階じゃないと言われたら、こちらから渡したい物があるからと、次に会う予定をその場で取り付ける」

　もうアイスさんの所へ行くことは決定してしまい、覚悟を決めるしかなかった。

「わ、分かりました、行きます。それで渡す物って？」

　今渡されるのか？　と想像するも、リタチスタさんから何か出てくる様子はない。

　そもそもリタチスタさんはアイスさんと面識がないはずなのに何を渡すんだろうか？

　お金だとしても、前払いに意味があるだろうか。

「魔力ポーションが無事作れているなら要らないし説明するのが面倒だから、作れてなかったら説明するよ」

「はあ、じゃあ明日、頑張って来ます」

「そうそう頑張れカエデー」

リタチスタさんの応援はまるで鳥の羽みたいに軽かった。

第四章　再会

　リタチスタさんとも約束した通り翌朝、私とカルデノはアイスさん宅を訪れるため家を出た。

「リタチスタさんには頑張ると言ったけど、行きたくないなあ……」

　会いづらい。最後に見たのが怖いとハッキリ言えるアイスさんだった。その印象を持ったままなので最後の記憶のままのアイスさんが出て来ると思うと本当に、重たいため息が無意識に出てきた。

「怖くて会いづらいか？」

　カルデノにはお見通しだったらしい。

「う、うん、それはもう、すごく」

「そうか。まあ今日はリタチスタからの用件を伝えるだけで、それ以外には何も触れなくて良いと思えば、少しは気が楽にならないか？」

　全然ならない。

　はあ、ともう一度ため息を吐いて、脳内でアイスさんの家を訪ねる想像をする。きっとメイドさんが出てきて用件を聞かれて、そこで今日はお仕事でいませんと言われる。

これはもう、自分が魔力ポーションに関して先延ばしにしようとしている証拠だ。無意識かどうかも怪しい。

そこまで考えて、あれ、と疑問が出てきた。

「ねえ、前はすっごく親切にしてもらってて気にしたことなかったけど、もしかしてお宅を訪ねる時って事前に、手紙みたいなの出したりするの？　いきなり行ってもいいのかな？」

カルデノは一瞬眉をしかめて考えたが、諦《あきら》めたように軽く首を振った。

「いや私も知らん」

「無礼だから帰れとか言われないかな」

よくその顔を出せたなと罵《のの》られたり、居留守を使われたり、もう悪い想像が止まらない。

一方で、アイスさんは嫌っているくらいで面会を拒否するような人ではないだろうなとも思う。

次から次に心の不安を吐き出すものだから、カルデノはちょっと面倒くさそうな顔をしかめた。

「さすがにネガティブが過ぎるんじゃないか、それは……」

カルデノはなぜ私が悩んでいるのか、理解出来ないといった表情で不思議そうに私を見ていた。

「そんなに気になるか？」

「気になるのは気になるけど……」

君が何かしたいと言ったんだろうとリタチスタさんの言葉を思い出す。

その通りだ。そもそも私が元の世界に戻るためなのだから、やっぱ無理なんて簡単に言いたくない。

カルデノと話して気を紛らわせながら到着したアイスさんの家は以前から変わりない。

扉の前に立ちドアベルを鳴らして密かに深呼吸しておく。

少しして、メイドさんが扉を開き、私の顔を見てあ、と声を漏らした。

「まあ、カエデ様、お久しぶりです」

「ど、どうもお久しぶりです。あの、突然すみません」

メイドさんはお気になさらずと笑ってくれて、私はそのままの流れでアイスさんが今いるかどうかを聞いてみた。

「はい、アイス様なら今日はお休みですので、お部屋にいらっしゃいますよ」

「そっ、そうですか」

声が一瞬ひっくり返る。

なんてこった。

そんなふうに思ってしまった自分を心の中で叱咤《しった》する。

「はい。では先にご用件を伺いますね」

「ま、前に材料を教えた魔力ポーション、今どうなってるかと思いまして」

「魔力ポーションについてですね？」

「はい、あの、でも本当に急に来て大丈夫でしたか？　訪ねる時のこととか知らなくてアイスさん怒らないでしょうか」

メイドさんは、はいとハッキリ言う。

「きっとカエデ様にになら、そうはとがめないかと思いますよ」

「そうだといいんですけど」

以前なら、そうだったかもなあと思わずにいられない。

メイドさんは私とアイスさんの間にあったことを知っているのだろうか。多分知られていないからこそ出てきた言葉なのだろうと思うが。

「ではご案内いたしますので、客間で少々お待ちください」

「はい」

何度も訪れたはずのアイスさんの家なのに、まるで初めて来るような緊張感で体がカチコチで、ソファに座っても膝《ひざ》の上で握った拳が解けない。

そうして数分も待っただろうか、アイスさんが扉を開けて姿を現した。

「あ、お、お久しぶり……です……」

ソファから立ち上がって挨拶《あいさつ》する。相変わらずカルデノはアイスさんに目を向けるだけで挨拶は一言もない。本当ならお邪魔しているのだしとも思うが、そもそも今の私にそんな余裕はなかった。

「久しぶりね」

予想に反してアイスさんは笑顔だった。いや、初めて出会った時の印象と変わらないというのが正しい。

ゆったりした動きで私達の向かいのソファにかけ、座ってと私に言ってから足を組む。すぐにやって来たメイドさんが人数分のお茶を淹《い》れ退室する。

アイスさんがお茶を一口飲み、カップをテーブルに戻しながら口を開いた。

「用件は聞いたわ。魔力ポーションのことですってね」

「え、あ、はい」

突然切り出され、また声がひっくり返ってしまった。

「どうしてカエデちゃんが急にそんなことを気にするの？」

笑顔のままの表情が、今更関係ないだろうと言われているようで、ごくりと生唾《なまつば》を飲み込んだ。

「実はその、魔力ポーションを欲しがってる人がいて、だからもう安定して作れるようになってるなら、と思って」

そう、と納得してもらえたが、次にはでも残念ね、とため息混じりに返される。

「まだ安定した物が作れていないわ。何せ材料だけが分かっていても製造が手探りだから。だから魔力ポーションを欲しがってるその方には、そのように伝えて」

「分かりました」

見た目に変化がなくても、対応はとても淡白なものになっていた。でもこれで早くここから出られるのだから胸をなで下ろす。

「あ、でもその依頼主さんが渡したい物があるそうで」

ソファから腰を上げようとした瞬間にそのことを思い出した。渡したい物があるからと言って、その日に次に会う予定を取り付ける。

「渡したい物？　今は持ってないの？」

「はい、次に会う約束をいただけたら渡してほしいみたいでしたから」

「？　まあいいわ。なら明日の午前でいいかしら」

アイスさんは妙に思ったようで、一瞬表情がゆがんだ。私も何を渡すのかを聞いていないからこれ以上は何も言えず、今度こそソファから立ち上がる。

「じゃあ、明日の午前でお願いします。突然お邪魔してすみませんでした」

部屋を出る直前、湯気の立つカップが目に入る。せっかく淹《い》れてもらったお茶も無駄にしてしまった。

アイスさんの家を出たその足でリタチスタさんとバロウのいる資料庫へ足を運ぶ。

アイスさんは偶然今日は休みで家にいたからすぐに話を聞いてもらえたこと、アイスさんと話した結果、魔力ポーションはまだ作れてないことを伝えると、リタチスタさんは嬉しそうにほほう！　と口角を吊り上げる。

「へえ！　作れてない！　それはそれは！」

二階の一番奥の部屋はほこりがひどかったはずなのに二人で掃除していたのだろう、見違えるほど綺麗になっていて、リタチスタさんは雑巾を片手に持っていて、バロウは窓を拭いている。

「え？　はい。……なんか喜んでませんか？」

「いやいやそんな。おいバロウ、魔力ポーションの正しい製造方法を紙に書き起こしてくれ」

「え、嫌だよ。なんでだ？」

窓を拭いている途中なのも無視して指示されたバロウは嫌そうに顔をしかめ、キュッキュと音を立てながら手を止めない。

「魔力ポーションを原価割れギリギリで買い叩く、またとない機会だからに決まってる！さあほら早く！」

「だ、だから嫌だって。マンドラゴラもアモネネも高騰したらどうするんだよ。カエデさんがもう他人に存在を教えてしまってるみたいだから言っても無駄だけど……」

「その内落ち着くよ。どんな物だっていつかは高騰して落ち着くもんだ。さあほら、早く書いて書いて」

濡れた手から滴る水をピッピッとバロウへ飛ばして、まるで子供みたいな嫌がらせをするリタチスタさんだが、それが鬱陶《うっとう》しいのだろうバロウは頷《うなず》いた。

「うるさい、分かった、分かったから」

リタチスタさんは水で濡れたままの手で紙と筆をバロウに手渡し、机もないので渡されたバロウは正座して床で執筆し始めた。

「あの、どうして魔力ポーションの製造方法を？」

アイスさんに渡す物と言っていたが、それが今バロウに書かせている魔力ポーションの本当のレシピなのだろうか。

聞けばリタチスタさんは大きく頷いた。

ここに正しい製造方法を記した紙がある、これを渡してやってもいいから、そちらもこれをもとにして作った魔力ポーションを破格で売れ、とそういう作戦らしい。

「向こうだってそんな便利な薬は、さっさと完成させて儲《もう》けたいに決まってるんだ。すぐにそれを譲ってくれと言ってこちらの条件を飲むさ。こちらも出すお金は少ない方がバロウの財布にも優しい」

「え、俺の金なのか？」

バロウが正座したままパッと顔を上げた。

「当然」

キミが原因でこうなってるんだから当たり前だろ？　と言われてバロウはぐうの音も出ないでまたレシピの書き起こしに戻った。

「もしアイスさんが魔力ポーションの製造方法と引き換えに安く売ってくれるとして、いくつくらいですか？」

具体的な数がないと、断られる可能性もある。

リタチスタさんはうーんと腕を組んで悩む。

「あまり多く要求しても断られるんじゃないか？」

カルデノが言うが、そんなことないから少し強気でも構わないと、リタチスタさんは姿勢を崩さない。

「さっきも言ったけど、さっさと作り方を解明して儲《もう》けたいはずだ。だから大胆に、私が要らないというまで製造数の半分で」

「それって具体的な数とは違うような気がしますけど」

いいから、とやはりリタチスタさんは譲らない。

「ほら。書けたよ」

「あ、どうも」

バロウがレシピを書き起こしてその紙を私に手渡してきた。

「転移魔法は驚くぐらい魔力を使うから、欲しい魔力ポーションの数はそもそもハッキリ決められないんだ。だから要らないって言うまで欲しいのは本当なんだよ。それを断るならその紙は渡さなくていい」

「分かりました。じゃあ、そう言ってみますね」

ここまで強気な態度を見せられると、もしかして私が弱気なだけなんじゃないかと思えてきた。実際、今はアイスさんに苦手意識を持ってしまってるし、これもあながち間違いではなさそうだ。

「よし、さっそく交渉に行くんだ」

待ちきれない様子で私にそう言うが、そもそも次の約束が明日の午前だと伝えると、わざとらしく不満そうに唇をとがらせた。

「ええー、いいじゃないか。報告は明日でもいいからさ」

「よ、良くないですよ。明日の約束なんですから」

「でも、そのアイスって今日は休みなんだろう？　約束は明日かもしれないけど今日行くだけ行ってもいいじゃないか、用事がなければ会えるよ」

アルベルムさんの約束の件で動いていた人とは到底思えない台詞。開いた口がふさがらないとはこのことだ。

バロウもリタチスタさんの後ろで見えないように小さくため息を吐いて、小さく頭を左右に振る。

これはもしや諦《あきら》めろって意味ではないだろうか。

「まさか同じ日に二度来るとは思ってなかったわ」

「す、すみません……」

アイスさんは深く腰かけたソファで足を組んだまま、ふう、と分かりやすくため息を吐いた。

言い訳だが私も同じ日に二度来ることになるなんて思ってなかった。明日の午前のつもりでいた精神にダメージを受けている。

あの後リタチスタさんが折れることはなくてバロウも諦めろと表情で語っているし、リタチスタさんが自分で諦めが悪いと口にしていたのを思い出し、アイスさんの家に来ることを決めたのだった。

「急いだ理由が、依頼主さんからの頼みでして」

「もしかして、渡す物のことで？」

「はい」

アイスさんも渡す物の詳細を説明されていなかったため気になっていたようで、ココルカバンから出した物が二つ折りのただの紙だったため、紙？　と呟《つぶや》いた。

「なにかしら、それ」

「魔力ポーションの正しい製造方法が書かれた紙です」

「ま、魔力ポーションの正しい製造方法ですって？　その手に持ってる紙が？」

目を大きく見開いて、その目は紙に釘付けになっていた。のどから手が出るほど……、なんて表現が頭をよぎるほど、アイスさんが魔力ポーションの製造方法を知りたがっているのはすぐに察することが出来た。

「はい。これを渡して欲しかったら、これから作る魔力ポーションを出来る限り、かな？　原価割れギリギリ？　で売れと……」

「……随分と足元見るじゃない？」

見開いていた目がスーッと細められる動きに慌てて弁解する。

「あ、あ、あの私でなくて、依頼主さんが、ですね」

「分かってるわ。……具体的な数を聞いてないけれど、どれくらい？　まさか永久的になんて言わないでしょうね？」

私が責められているのではないとホッと胸をなで下ろしながら、事前に聞いていた数を伝える。

「依頼主さんがもう要らないと言うまで、製造数の半分を、と」

「半分ですって？」

「は、はい」

やっぱりこの条件でも断られるだろうか。

アイスさんはキュッと口を結んだまま少し間を置いて、口を開いた。

「……まあ、いいわ」

言葉と裏腹に、目に明らかな苛立《いらだ》ちを見た気がした。

「その条件、飲みましょう」

「よかったあ……」

荒波立たず事が進んで心からつい声が漏れ出た。

「じゃあ、これが製造法の書かれた紙です」

すっと紙をテーブルの上で受け渡すと、アイスさんはすぐにその紙を手に取り文字を目で追う。

「よろしくお願いします」

「ええ。これから製造を始めるからそれなりに時間はもらうけど、連絡先は？　使いの者はどこへ向かわせたらいいの？」

「アルベルムという方が持っていた研究所で今は資料庫になってる場所がありまして、そのリタチスタさんという方が……」

「あの資料庫？」

詳しい場所を説明するより前に、アイスさんは資料庫を知っている口ぶりだった。

「知ってるんですか？」

「ええ。私にも魔術師の知り合いは多いもの、存在は知ってるわ。そこのリタチスタさんね？」

「はい。口ぶりからすると、定かじゃないんですけどいつも資料庫にいるみたいです」

「そう。ところで契約書なんかの話はなかったの？　そのリタチスタさんから」

「契約書……」

一言でもあの人の口からそんな単語が出てきただろうかと思い返すが、確実に言える。なかった。

「…………」

「なかったのね。依頼主が聞いて呆れるわ」

「す、すみません」

「私から後日契約書を交わしに行ってあげるから。そのように伝えておいて」

「はい……」

「………」

会話がない。もう伝えるべきことは伝えたし、帰った方がいいだろうと自分の中で結論を出し、でもアイスさんが私をじっと見ているのが気になって、お邪魔しましたと言い出せる空気でなかった。

「どうして急に、これを？」

言葉と共にリタチスタさんは私が渡したレシピの紙をヒラヒラと揺らす。

「レシピですか」

「ええ、だってカエデちゃんは魔力ポーションの作り方を知らないんじゃなかった？」

アイスさんはバロウと私に関わりがあることなど知らないし、さらに言えばバロウが魔力ポーションを作ったなんてことも知るはずがない。

突然こうして製造方法を伝えられてもなぜと疑問に思うのと同時に、もしかしたら偽の製造方法だと疑われている可能性もあるだろうか。

もちろん製造数の半分を要求しているこちらが、現時点で利益を得ている部分はないためアイスさんは穏やかでいるのだろう。

「実は、ちゃんと魔力ポーションの作り方を知ってる人がいて、その人に教えてもらうことが出来たんです」

バロウのことをアイスさんになんと言っていいか分からず、濁すような伝え方になってしまったが、バロウは人目を避けるように生活していてなおかつ名の知れた有名人。ベラベラと存在を伝えるべきではないだろうと、勝手だがそう判断した。

「依頼主のリタチスタさんではないの？」

アイスさんは首を傾げた。

「え、いいえ違います」

「あらそうなの」

「どうしてですか？」

私はリタチスタさんだと一言だって言っていないし、実際に魔力ポーションの製造方法を紙に書き起こしたのはリタチスタさんじゃない。

「だって、これを渡す代わりに製造数の半分を要求してるのでしょう？」

これ、とは手に持つ紙だろう。

「ならそんな権限を持ち合わせるのは、これをカエデちゃんに預けて私の手に渡るようにした本人だと考えるのが自然じゃない」

どう説明したらいいのだろうか。

なるべくならバロウのことは伏せておきたい。迷いが生じて助けを求めるようにカルデノに目を向けた。

カルデノは静かに座っていたが、アイスさんに向かって口を開く。

「匿名《とくめい》希望の人物なんだ」

「匿名……？」

これ以上は聞いても自分の求める答えが出てこないと判断したらしく、しつこく聞いてこなかった。

「まあ、いいわ。ところでカエデちゃん、カフカへ行ったんだったわね」

「え、はい」

突然話題が変わり、私はぎこちなく頷《うなず》く。

「もう戻ってこないのだと思ってたわ」

自分でもそう思っていただけに、とっさに答える言葉がなかった。

「……私も本当は、そうかなって思ってました」

「でも戻ってきたわ。この王都が定住先ってことでいいのかしら」

「いえ」

きっとアイスさんは、また私にポーションを作ってもらえると考えているのかもしれない。その気がないわけでない。私が出来る範囲なら、自分がこの世界にいる間はたとえ依頼されたとしても、とてつもない負担にでもならない限り受けても構わないと思う。

けどそれはアイスさんが考える永住のようなものではなくて、元の世界にいつ帰れるか分からない不安定な期間。

「いつになるかは決まってませんけど、今度こそここには戻って来ないです」

「それは確かなの？　カフカからだって、結局こうして帰って来たじゃない。それでも言い切れるの？」

「はい」

しっかり頷いた。

リタチスタさんは私をきっと帰してみせると約束してくれて、バロウだって今は気力がないが、リタチスタさんさえいればきっと協力してくれる。あくまで希望的観測だけれど。

バロウが今にもまた逃げ出すってリタチスタさんは心配をしてはいたが、あんなに精神をズタボロにされた人が、すぐに協力する姿勢を見せるかは別として、逃げ出す元気があるとは思えない。バロウが協力してくれたらきっと、私が元の世界に帰るって願いはぐっと現実味を増すはず。

「そう」

アイスさんはあっさり頷き、私はソファから立ち上がった。

「それじゃあ、今日は二回もお邪魔してしまってすみませんでした」

明日中のいつでもいい、とリタチスタさんが言った言葉に甘えて、翌日のお昼過ぎから私達はアイスさんの返事を伝えるべく資料庫へお邪魔した。

けれど一階にシズニさんはいなくて、でも二階から声がする、と耳の良いカルデノが言ったため、私達は真っ直ぐ二階へ。

リタチスタさんとバロウが掃除していた一番奥の部屋へ近づくに連れて、私の耳にもハッキリと声が聞こえるようになってきた。バロウが何か騒いでいるようだ。

いやだとか、何でとか、無理だとか、否定的な種類の言葉が断片的に聞こえて、やがて部屋にたどり着き扉を開けた時、バロウが力いっぱい叫んだ。

「とにかく会いたくないんだ！」

私はびくりと肩を跳ねさせた。

部屋の中には困った顔のシズニさんとリタチスタさん。それから何かに興奮しているようで顔を真っ赤にして息を荒げるバロウが、向かい合うようにして部屋の真ん中で立っていた。

「おや、カエデにカルデノじゃないか」

「こんにちは……。お邪魔でしたか」

私やカルデノがいていい雰囲気とは思えなかった。バロウは何かに焦っているようだ。

「いやいや大丈夫だよ、すぐに済むから」

リタチスタさんはオロオロする私にそう言って、再度バロウに向き直った。

「とにかくシズニはもう手紙を出したんだ。後戻りは出来ないから心の準備だけしておくんだよ」

「あああ！　だからギニシアなんて戻って来たくなかったんだ！」

頭をかきむしるバロウがどこか狂気じみて見えた。それなのにリタチスタさんはそうなる理由が分からないと首を傾げる。

「どうして？　別に良いじゃないか」

「お前みたいに人の心がない奴には分かんないんだよ！　とにかく俺はエリオット達と会うつもりはないんだ！」

「失敬な。私には誰より立派な人の心が備わってるよ」

「エリオット……？」

私は小さな声で呟《つぶや》いた。

確かエリオットという名前はダリットのお兄さんの名前だった気がする。バロウと一緒に魔王討伐を果たしたメンバーの。

エリオット達、と複数形なのは、魔王を討伐した時の全員のことを指しているからだろうか。

ならなぜバロウは会いたくないと声を荒げて抵抗しているのだろう。かつての仲間にあんまりな言い方じゃないだろうか。

「埒《らち》が明かないな。カエデ達も来たことだし、シズニは下に戻っても大丈夫だよ」

「ああ。とにかくバロウ、何か力になれることがあれば言ってね」

「なら出した手紙を回収してなかったことにしてくれ」

間髪いれずに答えたもののシズニさんは首を横に振った。

「それ以外で」

「くそっ」

悔しそうなバロウ。

シズニさんは挨拶《あいさつ》して私の横を通って部屋を出た。

リタチスタさんは顔を真っ青にしたバロウを気にしてはいたが、昨日のアイスさんとの話し合いはどうだったと結果を聞いた。

「魔力ポーションの製造方法と、製造数の半分の交換条件、了承をもらえました。あと連絡先はここで、リタチスタさんだとも伝えておいたので、後日契約書の件で訪ねてくるそうです」

「そうか、良かった。とりあえず一安心だね」

「はい、それであの、今のって……」

窓枠の下で体育座りにうずくまっているバロウがこうなった原因は、恐らく出された手紙とやらだろうが、一体どうしたんだろう。

「何があったか聞いてもいいですか？」

「ああ、そりゃ気になるよね。実はバロウが今ギニシアのこの資料庫にいるから、ぜひ会いに来てやってくれないだろうかって、エリオットに手紙を出したんだよ」

「バロウと一緒に魔王討伐に向かった、あのエリオットさんですか？」

「ああ。あの時の仲間達に連絡を取って、そろって会いに来てくれって感じの手紙をシズニに出してもらった」

「それが、どうしてああなってしまうんですか？」

バロウを目で指す。

殻に閉じこもった貝みたいに、こちらでどんな会話をしていても自分の名前が出てきても動かない。せっかく明るい室内なのに窓の下で影になっているのも手伝って、まるで自分という存在を消そうとしているかのように感じられた。

「私にもよく分からない。けど、手紙を出したって伝えたとたんに、さっきカエデも見たとおり。会いたくないみたいだ」

前に何かあったのかもね。

聞こえていないはずがないのに、憶測を語られてもやっぱりバロウは何も言わないで身じろぎもしなかった。

もしかしたらバロウは、誰かといた時はこんなふうに壁を作って殻にこもってやりすごしていた人だったんだろうか。

バロウを探していた時、誰もバロウに詳しい人はいなかった。自分のことを聞かれたって周りに話していなかったのは、こんなふうに小さくうずくまるバロウだったのかもしれない。

「さてね。バロウはずっとこの調子だし、私が協力を頼んだ仲間もここに来るまで時間がかかるだろう。手伝えることがないなんて言ったのにすまないんだけど、人数がそろうまでカエデ達には雑用を頼んでもいいかな?」

「はい、私達に出来ることならなんでも。カルデノもいいかな?」

「ああ構わない」

リタチスタさんが私達に頼んだ雑用のほとんどは荷物の持ち運び。あっちの部屋の物をこっちへ。これは使い終わったからあっちへ。ここにそれを、これがなくなりそうだから新しい物をとか。

バロウはもともと落ち込んで暗かったのがさらに動かなくなり、食事ものどを通らないようだった。

もちろん食べないのは駄目だと言って、リタチスタさんが口に次々詰め込んでいたが。

そういう妖怪のように、ずっと部屋で動かないバロウを放置して手伝い、四日が経った。

昼過ぎ、明日は来る時に昼食を買ってきて欲しいなあと頼まれていて、遅めだけれど色々買って来たら何やら資料庫が賑やかで、どうしたのかなとすぐに中を覗《のぞ》いた。

「あ、カエデ」

資料庫には今までにないほどの人数、と言っても七、八人がいて、深刻そうに話し合っていた。

その中の一人であるリタチスタさんが私に気がついて声をかけたので、全員がこちらを振り向く。

「こ、こんにちは……？」

とりあえず、挨拶《あいさつ》をする。

「君がカエデさんか！」

一番に反応した長身の男性がとても嬉しそうにこちらに歩み寄ってくる。

「えっ？　あ、はいっ？」

誰だろうか。

軽装だが防具とマントを身にまとい、それだけを見るとその辺の冒険者と変わりないが、姿勢の良さだったり、ちょっとした動きが防具から連想される武骨な印象をかき消し、二階がほこりだらけだったこの資料庫には不釣合いな身なりの良い男性。

私が以前会ったことがあるのを忘れているわけではなさそうだ。カエデさんか、とそれは初対面のセリフだから。

「あっ、自己紹介が先だった。僕はエリオットです」

「エリオット⁉」

驚いて思わず大きい声が出て、すぐにバッと自分の口を手のひらでふさいだ。

「す、すみません。つい呼び捨てなんてしてしまって。ええと、ダリットの、お兄さんですよね？」

茶色の髪もありふれてはいるがダリットと同じ色だし、よく見れば目元なんかも似ている。まるで太陽のように温かみのある笑顔のこの男性が、ダリットが自慢に思って散々話してくれた、あのお兄さん。

「そう！　前にダリット経由だったけど手紙をくれたよね？　ダリットと仲良くしてくれてありがとう」

「いえいえそんな、私の方こそ」

仲良くしてくれてありがとうは、本当に私が言いたい。

「それに、君がバロウを探してくれたおかげで、こうしてまたバロウと再会する機会が出来た……はず、だったんだけど」

はず？　とは。

輝かしい笑顔を見せていたのに、語尾が弱まり一気に表情が曇る。

「聞いてくれよ、カエデ。バロウの奴ここから逃げたみたいなんだ」

リタチスタさんが代弁するように続ける。

「逃げた？」

またいなくなった、と心がざわついた。

「そう。私だって気を付けてバロウから離れないようにしてたんだ。寝る時だってシズニに協力してもらって見張ってたくらいなのに」

寝ている時も、起きている時も、食事の時も。バロウに一人の時間はなかったらしい。

大きなストレスではあっただろうが、数年、死んだように消息を絶った前科を持つバロウだからこそ、そうして見張っていた。

「それなのに、いなくなったんですか？」

「ああ」

リタチスタさんによると、ここにいる人達はバロウが魔王討伐の時に一緒に戦った四人と、集まってほしいと声をかけたアルベルムさんのかつての弟子が三人、合わせて七人が偶然にも入り口で一緒になり全員来たので、それをシズニさんが二階にいたリタチスタさん達に伝えに行った。

リタチスタさんは扉を開けてシズニさんから用件を聞くためバロウから目を離してしまい、すぐに行くと返事をしてバロウを連れて行こうと振り返ったら、バロウの姿がなくなっていた、と。

「窓が開いてたからなあ」

平然と口にするが普通の人が二階から飛び降りたりして逃げるなんて、そんな一瞬の間に出来るだろうか。そこまで考えていやいやと考えを改める。何せバロウは魔法が使えるのだから。

「ついさっきまでまだ遠くには逃げてないはずだからってここの全員で探してたんだけど、どれだけ探しても資料庫の敷地内にはいなくてさ」

声の調子こそ軽いものの、リタチスタさんもこれを深刻な事態として受けとめているようだ。

「まあ全員の挨拶《あいさつ》は後にしてバロウを探そう。カルデノは耳も鼻もいいからもう一度敷地内を探してくれるかな」

「分かった」

カルデノは素直に頷《うなず》いた。

話を聞いていると捜索の範囲を広げるらしく、次々と資料庫を出て行く。そんな中でリタチスタさんは私に声をかけた。

「昼食せっかく買ってきてくれたのにごめんよ。時間が出来たら食べたいから、二階の部屋に置いてくれるかな」

「はい、分かりました」

「もしかしたら夕飯になるかもだけど」

冗談にもならない冗談だ。

今の人数で探すのも限界があるため、最悪の場合は人手を増やすらしい。

最後にリタチスタさんが扉を潜って全員が資料庫の外へ出て行ってしまい、残されたのは私とカルデノ、そしてシズニさん。

「じゃあカルデノは先に探しててくれる？　私はリタチスタさんに言われて買って来た物を先に置いて来るから」

「分かった」

カルデノは一度頷いて外に出た。

敷地内と言ってもカルデノが一人で探すには広すぎる。私も荷物を置いてすぐに手伝いに行こうと、早足で階段を上った。

一番奥の部屋の扉を開けて、目に入ったのは窓。この部屋は窓が一つしかないからリタチスタさんの言う通りいなくなったのならこの窓からしかありえない。

二階建てってどのくらいの高さかなと、窓から真下を覗《のぞ》く。

「……やっぱり高い」

落ち方で怪我《けが》を免れたりする人もいるだろうが大抵は大怪我を避けられないし、場合によっては死ぬことだってある。

ツタに覆われて緑色の面積が多い資料庫だ。壁には立派に育ったツタがはっているので、もしかしたらこれを頼りに降りたのだろうか。

でもさすがに危なすぎる。やはり魔法か。

バロウが逃げてしまった今となっては無意味な考え。でも頭を悩ませていた時、カコン、部屋の外から音がした。何が動く音というか、ぶつかった音のような。

「……？」

どこからだろうと部屋を出る。

廊下はもちろん人が隠れる場所なんてどこにもない。それに何となく聞こえただけで定かでないが、三階から音がしたような気がする。

「三階……」

この資料庫は三階建て。当然リタチスタさん達は屋内もくまなく探しただろうが、今音が聞こえたことがどうしても気になって、恐る恐る三階へ上がる。

作りや間取りは二階と同じ。人の気配はないが、音が聞こえたことだけが引っかかる。

また、小さな音でコツンと音がした。

それが部屋の中、というよりも天井と言われた方がしっくり来るような音の響き方で、少し悩んだ。

建物には多くの場合屋根裏が存在する。そこに人が入れるような作りになっているかは別だが、この建物にだって屋根裏があってもおかしくない。

だからと言って廊下の天井に開きそうな場所はないし、音もあれっきり聞こえないが、やはり気のせいには出来ない。

私は荷物を置くことを忘れて隣の部屋を一つずつ開けて、天井だけを見た。屋根裏なら部屋が違ってもつながっているんじゃなかと考えたからだ。

三階の部屋もあまり使ってないのかほこりが目立つ。

階段側から数えて二つ目の部屋はあまり物は置かれていない、あると言ったら机と、なぜか梯子《はしご》。一瞬見ただけでバロウがいないと分かるが、それよりも天井を見上げる。

「あっ」

部屋の角、入り口から真左を向いた天井の隅にクモの巣が絡まってツララのように垂れたゴミがある。それは天井にうっすら見える切れ込みのような場所からはみ出るように垂れていて、それに梯子もそのすぐ近くにたて掛けてある。

もしかしてと、私は梯子を恐る恐る上がって切れ込みのある天井板を押し上げた。

人が一人体を滑り込ませるのがやっとの大きさに天井が持ち上げられることに自分でも驚き、暗い天井裏を覗《のぞ》き込んだ。

「だっ、誰だ！」

開けた天井のすぐそばでキンと声が響いた。

「ヒャッ⁉　びぃっくりした……」

「カ、カエデさんっ？」

バロウがいた。一人で小さく体育座りして。ここは屋根裏部屋なんてものじゃなくて、ただ本当に屋根裏にバロウが入り込んだだけだった。

驚いて跳ねる心臓を落ち着けながら、冷静にバロウに話しかけた。

「あーもう、見つけたあ。一体どうしてこんな所にいるんですか？　皆さん必死に探してましたよ」

「……分かってる。でも会いたくないんだ」

「誰にですか？」

分かっていながら聞いてみる。

「エリオットにも、ミーファにも、ギネバにも、モロウネードにも、誰にも会いたくなくて」

あいにく私にはエリオットさんの名前しか分からないけれど、多分残る三人は先ほど顔だけ見た中の誰か、バロウのかつての仲間の名前だろう。

「でも、皆さん会いたがってました」

説得というより、本当にそうだったから、特にエリオットさんなんて待ち望んでいたから早く顔を見せてはどうかと言いたかった。

「一方的に会いたいって言われたって困る。大体リタチスタが勝手に来るように言っただけで、俺はそんなつもり最初からなかったのに」

数日前のあの嫌がりようからして、余程会いたくなかったんだろう。

「とにかくリタチスタさん達を呼んでくるから、ここから動かないで待っててくださいね」

そんなことより今はバロウを見つけたと報告しなければ。梯子《はしご》を一段降りた途端、バロウは慌てて天井にかけていた私の手を掴《つか》んでそれを阻止する。

「いや待て！　頼むから待ってくれ！　誰か呼んだりしたら、今度こそ俺はここから逃げるからな！」

「それは困りますけど」

あまりに必死な剣幕に圧倒され、どうしたものかと困り果てた。

梯子に立って話すのは疲れるので、とりあえずバロウの真似をして屋根裏に上がる。穴から足をブラブラと遊ばせるように出していたら、出るなら出る、入るなら入れとまたすごい剣幕で怒られた。

それならバロウから目を離すわけにいかないので屋根裏に上がれば、バロウはすぐさま天井をふさぐように板を直してトントンと入念に叩き、ホッと胸をなで下ろしていた。

「暗い……」

「屋根裏だからね」

窓もないのでココルカバンから明かりを灯《とも》す石を出すと、いいものを持ってるとバロウが言う。

「つけてもいいけど弱めでね。ここがばれるかもしれないから」

「そんな調節出来ません」

「え、じゃあ貸して」

差し出した手のひらの上の石にバロウが触れると、ぼんやりと目に優しい明度の光が灯る。

「どうしてここに俺がいるって分かったんだ？　リタチスタもこの屋根裏のことは分からなかったのに」

「さっき二階にいたんですけど、三階から物音がしたので」

二回コンと音がしたのだと伝えると、バロウはため息交じりに額を押さえる。

「あれかあ。失敗したなあ」

「それより、どうやってここに？　リタチスタさんが、見張ってたのに逃げたって嘆いてましたけど」

「ああ、窓から逃げたよ」

窓しか逃げ道はなかったんだからと言い放つバロウ。どうやら魔法を使える人は常人と感覚が違うらしい。逃げ道がそこしかなかったのは私にも分かっているが、それでも一瞬で飛び出すような勇気がすぐにわいて来ない。

「それで、わざわざ天井に穴まで開けてここに？」

トントンとくり抜かれた天井板を指差すが、バロウは素早く首を横に振った。

「違う違う。これは昔からあったんだよ。いつだったか兄弟子数人がいたずらし、ここをくり抜いてね、今みたいに中に入って遊んでたんだ。すぐに先生にも他の弟子にも怒られてたけど」

天井をくり抜いて屋根裏へ上がるなんていたずらの範囲か怪しいものだが、語り方からしてずいぶん昔の話のようだ。

「すぐに直しそうなものですけど」

「時間が経てば笑える思い出になるよって、先生がね。面倒なだけだったのかもしれないけど」

バロウはその件にこれっぽっちも関わっていなかったのか、特段面白そうでもなく、ただあった事実を口にしただけ、思い出話でもなんでもなさそうだった。

「そうなんですか……」

「うん……」

「………」

会話が途切れて、私は気になったことを聞いた。

「どうして、エリオットさん達に会いたくないんですか？」

「……色々あって、気まずいんだ」

込み入った話ならもしかして答えてもらえないだろうと考えていたが、案外すんなりと答えてくれた。

「色々？」

「うん。その……」

言いよどんで服の胸元を握り締める。

「魔王を倒した時、俺は役立たずで、だから、会いづらくて」

「え？　でも英雄の一人なんですよね？」

それなのに、役立たずなんてことはないだろう。バロウをおとしめる言い方は誰からも聞いたことがない。

「国にはそう報告されてる。だからあの場にいたあの四人しか知らないんだ。あの四人だって、本当はどう思ってたか……」

「だから、魔王を討伐してすぐにいなくなったんですか」

「そうだね」

自分の恥をさらしているみたいに、語る表情は険しかった。

最後の戦いで自分だけが役に立てなくて、肩身が狭くて。だから褒賞は何だってもらえたはずなのに大金だけを受け取り、逃げるように王都を出たのだそうだ。

ぐうと、バロウのお腹が鳴ったことで、今がお昼だと思い出す。

「あ、食べますか」

ココルカバンからリタチスタさんに頼まれて買った昼食を出す。言われた通り部屋に置くのをすっかり忘れてここまで来てしまった。それにバロウの分の昼食も含まれているから数が少なくなってもリタチスタさんには問題ないはず。

「じゃあ、もらおうかな」

適当にパンを一つ差し出し、バロウはすぐに口にした。

沢山食べるかなと思わせる勢いだったのに、でもすぐに食べる勢いは収まってしまって、ぽそりと口を開いた。

「カエデさんはこの世界に来てからどう過ごしてたのか、聞いてもいいかな」

自分から聞いてきたのにどこかオドオドしているのは、バロウとしても自分が呼んでおいて話題にしていいものかと悩んでのことだろうか。

「あ、話したくなかったらいいんだ」

しまいには私の返事を待たずに話題を引っ込めようとする。

こうして私とバロウが二人でいても話すことがなくなってまた無言の空間に戻ってしまう。だから答えた。

「私、リクフォニアで目を覚ましました」

いきなり話し始めた。バロウもすぐにはどんな反応をして良いか迷っていたが、それでも小さく頷《うなず》いた。

「……うん」

バロウが相槌《あいづち》を打つのを確認して話を続ける。

「すごく怖くて、だって知らない場所で目を覚ますし、知らない本があるし、ふざけたこと書いてるし」

あの時は混乱して、怖くて、どうしていいか分からなくて、泣いてしまったりもしたが、今はもう思い出すと腹が立ってきた。

「ごめん……」

「謝ってほしいのもあるけど謝って済む問題じゃないですね」

「そ、そう、だね……」

以前見せた罪悪感は健在なのか、終始声が小さいし、私とまったく目を合わせようとしない。

「でも。レシピ本があったからお金を作ることが出来たのは確かです」

生活が出来て、王都に来てカスミやカルデノに出会って、バロウを探すためにリタチスタさんにも出会って、と短くだが、一つ一つ話してゆく。バロウはずっと相槌だけで、でも興味がないってわけではなさそうだった。

「カエデさんは仲のいい人が沢山出来たんだな」

中でもカルデノとカスミは特別で、そんな存在がバロウにとってエリオットさんやリタチスタさんなのかと思っていた。

なんだかんだ、遠慮のない物言いする姿は少なくとも私の目には仲が良いものに映っていたから。

「バロウは、バロウさんはどうなんですか?」

言い直さなくても呼び捨てで良いよとバロウは苦笑いした。

「カエデさん、俺のことバロウさんって呼びたくない感じ、チョイチョイ出てるよ」

「うーん、まあ」

否定は出来ない。

「俺、結構田舎の生まれでね、両親ともいい人だった。俺が王都に一人で行くって言った時も心配や支援してくれても反対はしなかった」

その時まだ十一歳だったのに、と今生の両親の顔を思い出したのか苦笑い。

それでバロウは元の世界に戻るため転移魔法について詳しいと聞いたアルベルムさんに

弟子入りを願い出て、無事に認められた。

そこでは沢山の人に出会ったもののバロウは人付き合いを好まず、とにかく知識を身に付けようと必死になっていた。

その姿勢がアルベルムさんの気に入り、バロウはよく可愛がられた。バロウ本人にもその自覚はあるようだ。

「先生に色々と教わって十年後、先生が亡くなった。先生との死に際の約束は申し訳ないけど本当に忘れてて、でもまったく約束を破ってたってわけでもないんだ。転移魔法に関してはずっと研究を続けてた」

「日本に行くために？」

私が間髪いれずに言うと、一瞬言葉に詰まったが、それでもバロウは頷《うなず》きながらそうだと肯定した。

「誰も彼も自分の夢や目標のために先生の弟子になって、俺だってその一人だ。おかしいことじゃない」

バロウはそれからほとんど一人だった。もとから一人を好んでいたのに、アルベルムさんがいなくなって弟子の全員が一所にとどまる理由がなくなって。

でも一人を好んだバロウにしつこく構ったのがリタチスタさんだった。だからこそリタチスタさんはバロウがいる場所を私にスラスラ教えることが出来たのだろう。

「数年が過ぎて、そしたらリタチスタから魔王討伐任務の話を聞かされたんだ」

「え、リタチスタさんから？」

「そう。もともとはリタチスタにあの話が行ったみたいだけど、自分は無理だけど自分と同じくらい優秀な奴を知ってるからって。それで俺はエリオット達に同行した」

リタチスタのことだから、どうせ面倒くさいとかそんな理由で断ったんだろうなとはバロウの見解。

「エリオットさん達と一緒に旅をしたってことですよね？」

「そうだね」

「さっき下でエリオットさんに挨拶《あいさつ》されましたけど、とてもいい人そうでした」

それなのに会いたくないのはどうしてだろう。バロウには当たりが強かったとか、ずっと気まずい思いをしてたとかだろうか。

けれどバロウが次に言った言葉でその可能性は綺麗になくなる。

「エリオットはいい奴だよ。いつも弟のことを嬉しそうに話してて、誰かの悪口を言ったのを見たことがないし、悲観的な言葉なんてめったに言わないし」

ダリットもエリオットさんのことを話す時、楽しそうにしていたなと思い出す。兄弟で仲がいいようだ。

「明るい性格だったからエリオットと話してる人は皆楽しそうだったし、釣られて笑顔になってたなあ」

「………」

バロウは気がついてないんだろうか、こうして話している今、バロウ自身も少しだけ口角が上がって、さっきまでの暗い雰囲気が幾分軽いものになっている。

「そのエリオットさんが、バロウにすごく会いたがってましたよ」

「さっきも聞いたよ」

何度もしつこいとでも言いたいのか、少々投げやりに返される。

「私に感謝してました。君が探してくれたから再会できるって。でもバロウが逃げたって、すごく残念そうでした」

「………」

答えたくないことには無言を貫こうと試みるらしい。

どうしたらここから出てくれるだろうと人知れず悩んでいると、カエデ、と私の名前を呼ぶカルデノの声が聞こえた。私があんまり来ないから探しに来たんだろう。

「あ、カルデノ」

カルデノに手伝ってもらったら無理やりにでもバロウをここから出すことが出来るだろうと思い、こっちだよ、と呼ぼうとするとバロウが真っ青な顔でバッと私の口を手でふさいだ。

「や、やめてくれ、皆来るじゃないか」

限りなく小さな声は、隣にいる私でさえ聞き取るのがやっとのボリュームだった。まるで今にも死にそうな顔色の悪さに、私は音で気付いてもらおうと画策し、密かに作っていた握りこぶしを解いた。

カルデノの声と足音が遠ざかる。

はあ、と大きなため息と共に私の口をふさいでいた手が離れる。

「あぁ、いつまで隠れてられるんだろう」

また更に小さく膝《ひざ》を抱えて小さくなる。なんでそんなに何回も小さく丸くなろうとするのか、ダンゴムシじゃあるまいし。

「そんなに気にするならどうしてこんな場所に隠れたんですか？　さっさと走ってどこかに行くとか出来たんじゃ？」

単純な疑問だ。

だってここから逃げようと思うなら、昔あけた天井の穴なんて思い出さないで一目散に外へ向かうだろう。

「だって俺、ギニシアに居場所がないから」

「え？　どうして？　家がないから？」

家は引き払ったとか以前シズニさんから聞いたが、まさかただ単に家がないことを言ってるわけではないだろう。

　案の定、違うと否定された。

「話の続きになるけど、いざ魔王と戦った時に役に立たなかったってのは、本当に何も出来なかった、そもそも魔法が使えなかったんだ」

　私は首を傾げる。

「えっと、どうして？　リタチスタさんにも推薦されたくらいなのに」

　私に魔法のことは分からない。

　何が出来れば立派な魔術師と呼ばれ、何が欠ければ無能と呼ばれ、何を経て名を馳せ、何を残せば歴史に名が残るか。

　どれも想像したことすらない。

　けれどそんな私にも分かるのは、リタチスタさんが魔王討伐の際に声をかけられるほど立派な人で、またバロウもリタチスタさんに代わってくれと言われるほど立派な魔術師ということ。

　なのに魔法が使えなかったとは、腑《ふ》に落ちない。

「魔力が吸われたせいで魔法が使えなかった」

「魔力って、そんな簡単に吸われるものなんですか」

　黒鉱が稀有な存在だと思っていたが、他にもそんな話があるなら案外、魔術師界隈では

あることなのかもしれない。

「簡単にってわけではないけどさ」

バロウは前置きをして理由を語る。

「魔族って、種族の中でも違った存在なんだ」

魔族は他の種族と違い魔力をほとんど持たない人というのがほぼ生まれない。少ないと言われる人でも魔族以外に言わせれば立派と言わざるを得ないほどで、魔法を使えば威力も絶大。だから魔族は他の種族をしいたげることが多く、争いの火種を生むことが少なくないそうだ。

また、魔族にしかない特性のようなもので、他者の魔力に干渉することが出来るのではないかとバロウは考えているようだ。

魔族の全員が出来るわけじゃない。でも魔王にはそれが出来た。

魔王討伐メンバーの中で魔法に頼り切っていたのはバロウだけ。魔力は数分休んだだけでは回復しない。結果バロウは何も出来ず、ただ邪魔にならないよう、仲間が戦う姿を見ているしか出来なかった。

「俺がそう考えただけであって、本当に魔族に他者の魔力を封じたり吸い取ったりする術があるかは定かじゃない、実際魔力がガクッとなくなる感覚はあの時初めて受けた感覚だった。でもそれは何かしら、魔族だからこそなせる業だったんじゃないかと今でも思ってる」

それで、大事な場面で何も出来なかった自分が情けなくて、申し訳なくて、合わせる顔がなくて、こうして屋根裏に閉じこもっているらしい。

「きっと今日も、勝手にいなくなりやがってって、文句を言いに来たんだ。だって言われたって仕方ないんだから」

「すっごいネガティブですね」

一瞬目が合ったがすぐに逸らされた。

「少なくともエリオットさんは他人を悪く言う人じゃないんでしょう？　自分でもさっきそう言ってたじゃないですか」

「……そうだね」

「あと、いつまでもここに隠れてられないじゃないですか」

だから出よう、と大の大人を外へ誘うのは何だか楽しくないが、バロウは盛大にうなって頭を抱えて、か細く言う。

「ああ～……。ここに住む」

「住む⁉　なに馬鹿なこと言ってるんですか！」

すねた子供がダダをこねて公園から離れようとしない、それと一緒じゃないかとつい声を荒げた。

「大きい声を出さないでくれ！」

見つかるじゃないか！と本人も中々大きな声で返してきた。

「大体、魔法で逃げるとか出来なかったんですか？　いや、して欲しいわけじゃないんですけど」

「最近疲れてたからか魔力の回復が遅くて、魔法どころじゃなかったよ。リタチスタがいるのにどう逃げたらいいのか分からなかったし」

リタチスタさんはとにかくバロウに対して厳しい監視の目を向けていたらしいし、それには納得出来た。

「だからこんな、魔法なんて関係のない場所に逃げ込んだんだから」

まあ逃げる場所なんてないけど、と呟《つぶや》いたバロウ。

つまり逃げるにしても資料庫から外に出る気はなくて、そもそも本気で逃げる気もなくて、でもエリオットさん達に会いたくないがために後先考えずここに引きこもったということになる。

バロウは手に持ったままのパンをかじって、ゆっくり現実逃避でもしてるようにぼんやりした眼差しで咀嚼《そしゃく》する。

いつまでここにいたら終わるんだろうと、私は外の音に集中していた。

「あ、カルデノの声……」

「本当だ。カルデノさんが君を探してるんだね」

このままじゃカルデノに大きな心配をかけてしまう。でも居場所を知らせたらバロウがどんな行動を取るか、そう考えると、今出来るのは説得だと思い至った。

「本当に出たほうがいいですよ」

「…………」

また押し黙る。私はムッとして、少し強く言葉を続けた。

「文句言われたって仕方ないって思うなら、言われればいいじゃないですか。そうじゃないとここで白骨化しますよ」

「カエデ！　どこだ！」

カルデノが私を呼んでいる。早くここにいると知らせたいのに、バロウは一向に動こうとはしない。

「カエデさんは、ゲームとかしたことある？　好きだった？」

突然何を言い出すかと思えば、ゲーム？　ポカンとして反応が遅れたが、時間を引き延ばそうとしているんだと警戒する。

「なんですか、いきなり？」

「もう少しだけここにいさせて欲しいんだ。ちゃんと、ちゃんと心の準備をするから。頼むよ」

私はため息を吐いた。

世間話をしている間に心の準備が出来るならと、乗り気でないが答える。

「……知識があるくらいで、自分ではあんまり遊んだことないかな。誰かが遊んでるのを横で見るとかはありましたよ」

「そっか。俺はゲームが好きだったんだ。冒険したり、仲間と助け合ったり、誰かを救ったり、頼られたり頼ったり」

「だからレシピ本にゲームみたいに楽しんでなんて書いたんですか？」

バロウはハッとしたように口を少し開いた。それから肯定するでもなく続いたのは謝罪の言葉。

「……ごめん。本当に、本当にごめん、申し訳なかった」

「ゲームみたいにって他人に言えるのに、自分は生まれ直したこの世界を楽しめなかったんですか？」

ムクムクと苛立《いらだ》ちと怒りがわいて来る。

バロウだって辛かっただろうと思うが、突然一人で放り出されたわけじゃない。

生まれてきたってことは両親がいたんだし、ゆっくり環境に慣れることも出来た。

私だってレシピ本という存在こそ手にしていたが知らない場所にたった一人。身寄りはなく保護してくれる人もいなかった。怖い思いもして来た。それでも自分で、時には背中を押されながらここまで来て、だからバロウがただエリオットさんに会いたくないからと、このほこり臭い屋根裏で小さく丸まっていることが本当に腹立たしくて仕方ない。

「俺は、カエデさんに書き残しておきながらこの世界になじむのが怖かったよ。まるでゲームの住人になったみたいで」

カエデ、カエデとカルデノの声が今度は止まない。

「なじまないように、慣れないようにしてて、だからいつも無愛想になってしまってた。でもカエデさんは仲のいい仲間が沢山出来たんだね。俺とは大違いだ」

「リタチスタさんは違うの？　エリオットさんは？　今も必死に探してるよ、きっと。このまま見つからなかったら心配だってすると思うし」

「俺のことなんて誰も心配しないよ」

「だから、そんなことないですって」

どうして分からないんだろう。なんて言ったら伝わるんだろう。

「バロウはちょっと、ひねくれ過ぎじゃないですか」

「カエデ！　いるなら返事をしてくれ！　どこにいるんだ！」

「私ここにいるよ！　カルデノ！」

ついに私は大声でカルデノに居場所を知らせ、天井の板を外した。バロウはもうそれを止めたりしなくて、心の準備が出来たんだろうなと察することができた。

「カルデノさんはいつもカエデさんを心配してくれてるね。ずっと一緒にいて仲が良いんだね」

今も、とバロウが言いかけた時、カルデノさんの声をかき消してエリオットさんの大きな声が響いた。

「バロウ！　君もいるんだろう！　隠れたって無駄だぞ！」

「エリオット……？　なんで」

バロウもカルデノだけが私を探しに来たのだと思い込んでいて、まさかここにエリオットさんがいるとは予想外だったらしい。

私の姿が見えなくなってカルデノが他の人達に知らせに行ったのだろうか。

「おーい、こっちかー？」

続いてリタチスタさんの声。そしてかつての仲間達もバロウを探す声。

「あっ、います！　バロウもここにいます！」

バロウの肩を叩いて穴に向かわせる。

「ほら、ここから出て！」

「でも……」

「でもじゃなくてですね、そもそも本当に文句を言いたいと思ってるかだって、話してみないと分からないじゃないですか！」

叩くのを止めて背中をグイグイ押し、やっと観念したようにバロウは梯子《はしご》に足をかけた。

「あ！　バロウ！」

「うっ」

エリオットさんが勢いよく扉を開けて、ちょうど梯子を降り切ったバロウは無駄と分かっていながら部屋の奥へ逃げる。

「まったく君って奴は！」

ズンズンと大股で詰め寄られ、バロウは自分をかばうように両手の平をそろえて顔の前に盾にして構えた。

「しょぼくれた顔をして！」

部屋に同じく入って来たエリオットさん以外の全員は事の成り行きを見守っているようで、カルデノは梯子から降りる私に手を貸してくれた。

「バロウには言いたいことがあって、それで今王都にいるってリタチスタさんに手紙をもらって急いで会いに来たんだ！」

「い、言いたいこと？」

怯《おび》えた表情。エリオットさんはバロウのそんな変化を目にしても怯《ひる》んだりせず、大きく息を吸った。

「そうだよ！　魔王討伐の後からずーっと様子がおかしかっただろう！　挙句に挨拶《あいさつ》もなく僕らのもとを去って！　あの後休暇の準備があって、僕らで改めて祝いの席を設けるつもりだったのに、バロウだけが欠けたじゃないか！」

　エリオットさんは悲しそうだった。

　バロウは弱々しく、すまないと謝る。そこでエリオットさんはぐっと言葉を抑え、優しく声色を変化させた。

「まったくさ、お礼の一つも言わせないなんてあんまりだよ。僕ら仲間なんだ。今もだ。だって命を預け合ったんだぞ？」

「でも、俺を良く思ってなかっただろう」

「え⁉　誰がだ⁉」

　エリオットさんは勢い良く背後を振り返り、全員に目を向けたが、その全員がブンブンとそろって首を横に振った。どうやらその心当たりは誰にもないらしい。

「み、皆だよ。俺、誰とも仲良くしようとしてなかったから」

「そうだよ、誰とも分け隔てなく関わろうとしなかった。だから君は一人が好きなんだろうと思ってた。僕も他の皆もね」

「それなのに仲間って？　いつも一人でいて？」

　多分バロウは皮肉を言ったのだろうが、エリオットさんはにこやかな表情で大きく頷《うなず》いてみせた。

「おかしい？　誰だって性格も考え方も何もかも違うのは当たり前だ。その中に一人が好きな人がいても気にしないし、そんなだから仲間じゃないなんて思わない。いつも仲良しでなきゃ認めないなんて、それこそ仲間じゃない」

逆にさ、と切なそうな笑顔でバロウに問う。

「バロウは僕らのこと、仲間とは思ってくれてなかったのか？」

言い終わるや否や、バロウはボロボロ泣き出した。すぐに袖で涙を拭うように目を覆ったが、エリオットさんはポンポンと肩を叩いてそっか、と鼻をすすった。バロウからの返事は涙数粒で伝わったらしい。

「今日は僕だけじゃない、ミーファもギネバもモロウネードも来てるんだ」

「知ってる……」

涙声は盛大に揺れていて、もう鼻声にもなっていた。

女性が一人と男性が二人、バロウの方へ歩み寄る。あれが全員なんだろう。リタチスタさんがパンと手を叩いた。

「ほら残りは出よう。男の泣き顔なんて見ても楽しくないからね」

リタチスタさんなりの気遣いだろう。

バロウの仲間達以外は部屋を出た。

私も最後に部屋を出ようと扉を潜る直前、エリオットさんに呼び止められた。

「カエデさん、バロウを見つけてくれてありがとう」

この資料庫でのことか、ギニシアにまで連れて来たことか。

「いいえ。ただ自分のために探してただけですから」

エリオットさんは、にこりと笑ってくれた。

第五章　魔力

「さて、改めて自己紹介でもするかい？」

「当然だよ」

泣きはらした顔のエリオットさんが頷《うなず》いた。

バロウがエリオットさん達と再会してから約三時間後、五人全員が泣きはらして一階へ下りてきた時は驚いたが、誰もスッキリとしていて、きっと言いたいことも言えなかったこともすべてぶつけることが出来たのだろう。

「ええと、改めまして僕はエリオット。カエデさんも知ってる通りダリットの兄で、バロウと一緒に魔王討伐任務をこなした一人です」

続いて順に自己紹介してくれた。

極端に露出の少ない女性らしい装いで雪のように真っ白な髪、肌も白くて雰囲気も柔らかい女性がミーファさん。

エリオットさん同様に背が高い黒髪の男性がギネバさん。指の一本一本まで良く見れば古いのも新しいのも沢山の傷があって、今も戦いの場に身を投じる人なのだろうと一目で分かる。

最後のモロウネードさんは片目を前髪で隠しているがその下には眼帯。魔王との戦いで負った傷なのだそうだ。

片目を隠すためだけに前髪を伸ばしているのか他は刈り上げるくらいに短くて、今はもう怪我《けが》のせいで戦うことは出来ないそうだ。

「私はカエデです。こっちはカルデノです」

「カルデノだ」

カルデノも短いながら名乗る。

「バロウからさっきカエデさん達の話も聞いたんだ。バロウを探してカフカにまで行ったって」

「はい。ずっと探してましたから。でもリタチスタさんに会えてなかったら今もどうなってたか分かりません」

「そうなんだね。ならリタチスタさんにも感謝しなくちゃいけませんね」

エリオットさんがリタチスタさんにそう言うと、リタチスタさんは腕を組んで胸を張った。

「感謝されるのは気分がいい」

「ハハ。さて、本当ならもっともっと話したかったけど、僕はもう帰る時間だ」

「あ……」

エリオットさんは嫌味を言ったわけじゃない、でもバロウはそう受け取ったのか申し訳なさそうに眉間《みけん》に皺《しわ》が寄る。

「悪かった」

時間が大幅につぶれたのは明らかにバロウのせいなので本人も反省していたが、エリオットさんは責めたわけじゃなかったんだ、と左右にゆっくり首を振ってみせた。

「きっと時間通りに会えていたって時間は足りなかったはずだ。また何度でも話せばいいだけだよ」

「ああ」

スッと、バロウはエリオットさんに右手を差し出した。

「俺を仲間だと言ってくれてありがとう」

エリオットさんは差し出された手をギュッと握って握手すると、本当に、心底安心したと目じりが下がる。

「誤解が解けてよかった。絶対にまた来るから、今度は逃げないでくれな」

「もちろんだ」

固い握手は解かれ、四人は資料庫を後にした。

残ったのはまだ紹介されていない、リタチスタさんが呼んだらしい三人の魔術師。

「じゃあ次はこっちかあ。ずいぶん待たせたね」

「いいんです。バロウがお友達と仲直り出来たようで、私も嬉《うれ》しいです」

初老の男性が目にじんわり涙を溜めていて、バロウが少し恥ずかしそうにやめてくれと呟《つぶや》く。

「えー、この人はギロ。先生の友人みたいな人だ」

「はじめまして、カエデさん、私はギロです、よろしく」

白髪で色の抜けた髪は形よくなでつけられていて、顔は柔和で優しげな笑顔。

「あ、よろしくお願いします」

適当と言って差し支えない紹介の仕方にも文句はないようで、ぺこりと頭を下げられ、反射的に同じくお辞儀を返す。

「で、こっちのいかにも魔術師って感じの見た目をしたのが……」

と紹介されたコニーさんという男性は、リタチスタさんにいかにもとか言われたくないと途中から自分で名乗り始めた。

バロウやリタチスタさん達より後にアルベルムさんに弟子入りし、二人と同じく転移魔法に興味を持って、今回も今までとは違った転移魔法に人手が必要だと呼び出されたのだそうだ。

ギロさんと同じくよろしくとお互いお辞儀する。

いかにもと言われたくないらしいが、裾の広いゆったりとした黒いローブを身にまとっていて、肌は色白、髪も色素の薄い麦のような色。

まだ年齢は若く見えるがきっとバロウと同じで幼い頃から魔法に触れて育ったのだろう。

そう思わせるのもこのローブが原因だろうが、リタチスタさんがいかにもと言いたくなるのも納得だ。

次にピンと真っ直ぐに右腕を挙手したのがラビアルさん。

ラビアルさんもコニーさんと同じくらいの年齢で、短い髪は黒く、生えている角の形から羊族だろうことが窺《うかが》えた。

「さて、まあこうして人数をちょっとだけそろえたのには理由があって、説明すると長くなるからしないけど、とりあえず君達、魔力の貯蔵を手伝ってくれ」

真っ先に反応したのはコニーさん。

「え、もしかしてそのためだけに呼ばれたの」

「そうだね」

手紙ではなんと書かれていたのかは分からないが、コニーさんの不服そうな表情から、まさか魔力の貯蔵だとは予想していなかったようだ。

説明がないのはどうなんだと、ラビアルさんは分かりやすくむくれて抗議した。リタチスタさんはスッとバロウを指差す。

「なら説明はバロウに任せた」

「え、あ、俺？」

バロウは慌てたように、リタチスタさんにも指差されたからか自分を指差した。

「当然じゃないか。誰が原因でこうなってると思う？」

「リ、リタチスタが手紙を、出したから……」

「ほほう、なら手紙を出すはめになったのは誰のせいかな？」

「………」

バロウは押し黙った。

ごまかすための理由説明なんて面倒だから、適当にバロウが考えて二人を納得させせろって意味なのだろう。

「僕は理由も聞かされないでただ魔力タンクになるのは御免だよ。説明の役目がバロウにあるなら、キチンと聞かせてくれ」

コニーさんはバロウを睨《にら》むように説明を要求した。楽しみに来たのにこれはひどい仕打ち、と嘆くのも分かる。

コメカミに指先を押し当てながら小さくため息を吐いたバロウは、うう、とうなる。

「……ちょっと、時間をくれないか」

「具体的には？」

「明日には話す」

「んん、まあいいよ」

猶予が出来た。

バロウはもとからリタチスタさんをだまして魔力を提供してもらうだのと言っていたし、理由は予め準備出来ているのかと思えばそうではなかったようだ。

「おや、ギロは説明なしに協力してくれるのかい？」

言われてみればギロさんだけは理由を求めていない。

なぜかと問うと、まあどうせ暇だから、と。ここにいるだけで話し相手を捕まえられるようなものだとちょっと喜んでさえいるようだ。

「そう。コニーとラビアルは説明してほしいみたいだし、ギロもついでに聞けばいいさ」

「そうします、ええ。明日なんてすぐですから」

そう、明日なんてすぐなのだ。

理由を用意出来ただろうかと少しだけ心配しながら、翌朝早く資料庫に来た時には説明が済んでいたらしい。どんな説明をされたのか二人は納得していて不満な顔ひとつなかった。

転移魔法の準備は着々と進められ、二階の一番奥の部屋は最初の殺風景が懐かしいくらい物で溢《あふ》れた。

けれど部屋の中央の床だけは綺麗に片付いていて、そこにはバロウの家の地下で私が回収して来た布が広げられている。

バロウは転移魔法を私が帰るためのものに作り変えることには納得していて、協力する姿勢を見せているとリタチスタさんに聞かされた。

夕方になるとギロさん、コニーさん、ラビアルさんの三人はそれぞれの宿に戻るので、その後からは気を使わず転移魔法について尋ねることが出来た。

数日して、またアイスさんから魔力ポーション完成の連絡はないが、順調に魔力を溜めることが出来ているらしい。

あと気になっていることは、またもやバロウ。

エリオットさん達と再会して話した後はとてもスッキリとした顔を見せていたのに、あの後また思い悩んだような、眉間《みけん》に皺《しわ》を寄せる表情になってしまっていた。

本人が何を考えているかまで首を突っ込むつもりはなかったのでそのまま触れないでいたが、今日は私達がそろそろ帰ろうかと話が出た途端バロウに呼び止められた。

「ちょっと、帰る前に少し話せるかな」

「はい？」

「まだ自分の中でも整理しきれていないから、支離滅裂になってしまうかもしれないけど、聞いてほしいんだ」

「はい、大丈夫ですけど……」

特に二人で話したいとか、聞かれてまずいとかではないようで、このままこの部屋で話すらしい。

バロウは迷いが窺《うかが》える様子で口を開く。

「ええと……」

「………」

言いたいことは、少しずつ整理しているのだろう。急かさないよう、ただ待った。

小さな声だった。

「俺、やっぱりここに残るよ」

ここに残る、の意味がすぐには理解できなかった。資料庫？　それならここで寝泊りしているのだから残るも何もない。

ではギニシアに？　それも違う。この世界のことを言っている。この世界に残ると。

「急、ですね？」

本心なのか、それとも意図あっての嘘《うそ》なのか一見しただけでは分からなかった。疑いたくもなる。私は眉間に皺を寄せた。

「うん。迷ってたんだ。リタチスタにアンレンで魔法を邪魔されて、カエデさんからこの世界に来た時のことを聞いて、エリオット達と色々話して」

残ると言うのが本当なら、きっとエリオットさん達と話せたことが大きいだろう。

沢山のものを拒絶して、恨まれているとまで思い込んでいた仲間達と話してみれば、急にいなくなった大切な仲間をずっと探していたと言われ、きっとそれで心境の変化が生まれたのだ。

「カエデさんの言うとおり、俺はもう向こうで死んだんだ。この世界で命を授かったのに、納得出来てなかった」

体が死んだとしても、バロウの意識は生きていた。それが諦《あきら》められない原因の一つで、この世界に転移魔法があったことも原因の一つ。

偶然にも魔力に恵まれた体と前のめりな姿勢はアルベルムさんに認められ、時間がかかればかかるほどバロウの中から諦めの文字は小さくなって、そして魔王との戦いで無力だった自分が決定的な引き金となった。

「あの時、本気で消えたいって思った」

ずっと作っては直し、作っては直しと続けて来た転移魔法を使ったのは五年前。初めて発動させてみたものの失敗。なんの手ごたえも感じられず、それでも躍起になって体を痛めつけながら一年後、改良して発動。

次こそはとこれに手ごたえを感じたがまたも失敗。

そして三度目。

ホノゴ山で再度転移魔法を発動する。

これもまた失敗、と肩を落とした矢先、私が自ら現れた。

「何十年も人の気持ちを踏みにじって来た。君にも、本当にひどいことをした。どれだけ言葉を尽くしても足りないよ」

バロウの目が私に向いた。

「……本当に、残るつもりなんですか？」

「そのつもり。あんなに周囲を拒絶してたのに、俺を仲間だって言ってくれて、本当に本当に嬉しかった」

霧が晴れたように、穏やかな表情だ。

「なんだっていい、今からでもやり直してみたいんだ。先生との約束を果たしたいし、仲間を大切にしたいし、迷惑をかけたカエデさんにも償いたい」

私を元の世界に帰すことがせめてもの償いだ。そう言った。

「それで足りないと言われても俺にはどうすることも出来ないけど、でも償って、自分で納得出来る自分になってから始めたいんだ」

「…………」

これでバロウを許せるわけじゃない。多分本人も許しを請うために償うと言ったわけじゃない。

「じゃあ、今度こそ私を、元の世界に帰してくれるんですね？」

「嘘《うそ》じゃないですよね？」

「うん」

「本当だよ」

はあ〜、となんだかしぼむ風船みたいに私は息を吐いた。

バロウの本心を聞けて、そして無事に今度こそ何事もなく元の世界に帰れるのだと、気が抜けたんだろう。

「今度こそ、今度こそ本当にお願いしますね」

「ああ、任せて欲しい」

バロウは少し自信を取り戻したように胸を張った。

「あのー、ちょっといいかい」

リタチスタさんにしては珍しく、気まずそうにそろりと小さく手を上げていた。

「どうかしたのか？」

誰が見ても珍しい姿なのかバロウも珍しそうにリタチスタさんに目を向けて、リタチスタさんはうん……、と額を手のひらで覆う。なにやら深刻な雰囲気だ。

「今の君達の姿を見ていて本当に言い出しづらいんだけど、ちょっと、問題があるんだ」

「問題？」

私達三人はそろって首を傾げた。

リタチスタさんがここまで深刻そうにするとは、何の問題があったのかと気が気じゃなくなる。

その、と言いよどみ、一度呼吸を挟んでから言葉が続いた。

「このままだとカエデ、帰れないんだ」

「……え？」

自分でも自分の顔が引きつっているのが分かった。

「え、ええええ？　どうしてですか⁉」

バロウも何を言ってるのかとリタチスタさんに詰め寄るが深刻な様子は変わらない。

「バロウは今吹っ切れたみたいで、最近私が悩んでたなんて知らないだろうけど」

「な、なんですか」

額を覆う手が今度は皺《しわ》の寄った眉間《みけん》を指先でトントン突いて、言葉を選んでいる様子だ。

「えー、普通は誰しも魔力を持ってるね」

確かにそうだ。今の場合私を含まないこの世界の一般的な話をしている。

「バロウの家を無断で漁った時にも言ったけど」

「色々探られてるとは知ってたけど家を漁るまでしたのか⁉」

「いや今そういうのいいから。真剣な話をしてるだろう」

ちっ、と舌打ちまでするところを見ると、リタチスタさんとしても私が帰れないのは非常事態のようだ。

どうか想定内であって欲しかった。

「え、あ、悪い……のか俺」

バロウはしゅんと背中を丸めた。

「それで、人を感知してるんじゃなくて人の魔力を感知してる。魔力を持たない人はいないだろう、それが転移魔法も同じでね」

「じゃ、じゃあ私は転移魔法に感知されないってことですか？」

「多分そうなるね。発動しても、多分カエデは転移出来なくてその場に残ってしまうんじゃないかな」

「で、でもそれなら転移魔法は人以外運べないんですか？　そんなことないですよね？」

「それはそうだけど、転移魔法の陣の中に人がいれば反応するんだ。人がいて反応さえしてくれれば荷物だってなんだって一緒に運べる」

この世界では自動ドアに反応してもらえない人みたいな扱いなんだろうか、私は。

「バロウがカエデをこの世界に呼んだ時は、そもそもバロウっていう魔力があったから解決していたんだろうけど、カエデが帰る時は一人だ。これが解決出来ないとカエデは、確実に帰れないよ」

「そんな……」

せっかく、目前にゴールが迫ったと思ったのに、一気に出口の見えない暗闇に放り込まれたみたいだ。

「解決する方法はないのか？」

カルデノが言う。

「少ない魔力を増やすのとはわけが違うから……」

ここまで悩んでいてくれるのだ、解決策を探っていないわけはないだろうが、答えは見つかっていないようだ。

「カエデを植物と同じように言いたいわけじゃないが、木や草が魔力を吸い上げてるくらいだ、人も同じことは出来ないのか？」

リタチスタさんはゆっくり首を横に振った。人には植物と同じことは出来ないらしい。

「完全に出来ないってわけじゃない。人だって空気と同様に漂っている微量な魔力を体に取り込んでるよ。ただカエデがその微量の魔力を吸収したとしても体に留めておけないだろうね。何せ魔力ってものを持った私達と体の作りが違う。すぐに出て行ってしまって意味がない」

「体の作りっていうのは、つまり私が魔力を溜めておけないって話ですよね？」

そう、とリタチスタさんは頷《うなず》く。

この世界の住人すべてが持っている魔力の入る袋が無いような状態、と簡単にたとえてくれた。

「魔力があれば良いだけって言うなら、晶石はどうですか？　晶石には魔力が込められるから」

「そりゃ魔力を込めたり、または魔力を取り出したり自由に扱えるならそれで良いかもしれないけどカエデには出来ない」

「じゃあ、転移魔法を発動した時に晶石を発動させるとか」

「発動するってことはつまり晶石の中の魔力を使ってしまってるってことだよ？　それじゃ意味がない。晶石が割れると魔法が発動するのは加工されて陣が埋め込まれているからであって、ただ割っただけじゃ、魔力が込められた晶石が二つに増えるだけ」

だからその案は却下だ、と首を横に振られる。

なら、他に何かないだろうか。

そうして思い出したのはココルカバンの中の黒鉱。

「なら！　これはどうですか⁉」

ココルカバンから取り出した黒鉱。魔力を吸収してしまう厄介な代物だが、一度吸収した魔力は黒鉱を砕いた時持ち主のところへ戻った。ホルホウで入手したたった一つしかない黒鉱。

人攫《さら》いとの悶着《もんちゃく》はバロウにも簡単に話したことがあったが、それを改めて詳しく説明すると、バロウもリタチスタさんも考えるように口を閉じた。

「確かにこれなら」

　バロウが先に口を開いた。

「魔力を込めたり出来なくても勝手に吸い取られるし、留めておける。壊すだけで面倒なく魔力の解放が出来る、文句なしにピッタリの代物だ」

　ただ一点、とリタチスタさんは人差し指をピンと立てる。

「解放した魔力が持ち主の所に戻るんじゃあ困る」

　例えばリタチスタさんがこの黒鉱に魔力を吸わせておいたとしても、いざ使う時に私が黒鉱を壊してリタチスタさんに戻ってしまうと、やはり魔法が発動しても私は取り残されてしまう。

「でも、私に魔力はないし」

　これで駄目ならどうしたらいいのだろう。落胆する私の肩に、リタチスタさんがポンと手を置いた。

「確かカエデ、これを触ると眠気がしたんだったね？」

「はい、そうです、だるいというか」

「ならつまり、それは魔力にしか反応しない黒鉱がカエデの体に影響を及ぼしているってことで、魔力は体内にあるんだと思う」

「え⁉」

しかしバロウはそんなわけないだろうと否定する。確かに、私に魔力を溜める袋がないと言ったのはリタチスタさんだ。

「カエデは魔力を体に留めてはおけないけど、不可抗力的に入ってきた魔力はその時確かにカエデのもののはずだ」

「え、不可抗力で？」

「呼吸と共に確かに微量の魔力がカエデの体内にめぐっているはずなんだ。それを留めておけないってだけで。だから体を巡っているその微量の魔力がまた外へ出ていってしまわない内に、この黒鉱に溜め込むんだ。それがカエデの魔力になってる」

「私の魔力……」

厳密にそう呼んでいいのかは分からないが、とにかくこれで無事に帰れる。そう思うと目に涙が滲《にじ》んだ。

「か、帰れるんだ、私……」

「よかったな、カエデ」

カルデノが自分のことのように笑って喜んでくれた。

「けれど念のため、カエデが魔力を溜め始めるのは、黒鉱について詳しく調べてからにしよう」

「はい、お願いします」

リタチスタさんに布に包んだ黒鉱を確かに手渡した。


けれど私の喜びが壊されたのは、たった数日後のことだった。

「カエデ、ちょっといいかい」

資料庫に到着すると、すぐにリタチスタさんに呼び止められ、人気のない部屋へカルデノとバロウも一緒に移動し、話し始めた。

「カエデに預かった黒鉱って石があっただろう」

「はい。調べてみて何か分かったんですか?」

「それが」

リタチスタさんとバロウはお互いに目を見合わせ、どことなく雰囲気が重かった。

「黒鉱って石は魔力を吸収するけど、ずっと溜め込んではおけないんだ」

吸収した魔力を少しずつ分解して放出する。放出された魔力は自然へ溶け込みなくなる。

「多分カエデが一日に黒鉱に溜め込むことの出来る魔力じゃあ、すぐに分解されて溜め込んでおけない」

「え……。じゃあ、あの。私は……?」

私は今、どんな顔をしているだろう。

数日前は、元の世界に帰れると喜んだのに。

「このままじゃ、帰れないままだ」

バロウが言った言葉に、目の前が真っ暗になった。

〈『ポーション、わが身を助ける 7』へつづく〉

この作品に対するご感想、ご意見をお寄せください。

●あて先●

〒101-0052 東京都千代田区神田小川町3−3
主婦の友インフォス　ヒーロー文庫編集部

「岩船 晶先生」係
「戸部 淑先生」係

ヒーロー文庫

ヒーロー文庫

ポーション、わが身《み》を助《たす》ける 6

岩船《いわふね》 晶《あきら》

2020年5月10日 第1刷発行

発行者 前田起也

発行所 株式会社 主婦の友インフォス
〒101-0052 東京都千代田区神田小川町 3-3
電話／03-6273-7850（編集）

発売元 株式会社 主婦の友社
〒112-8675 東京都関口 1-44-10
電話／03-5280-7551（販売）

印刷所 大日本印刷株式会社

ISBN 978-4-07-443878-5